한 걸음씩 걸어서 거기 도착하려네

한 걸음씩 걸어서 거기 도착하려네

나희덕 산문집

달

길을 그리기 위해서는

길을 그리기 위해 나무를 그린 것인지
나무를 그리기 위해 길을 그린 것인지 알 수 없지만

또는 길에 드리운 나무 그림자를 그리기 위해
길을 그린 것인지 알 수 없지만

길과 나무는 서로에게 벽과 바닥이 되어왔네

길에 던져진 초록 그림자,
길은 잎사귀처럼 촘촘한 무늬를 갖게 되고
나무는 제 짐을 내려놓은 듯 무심하게 서 있네

그 평화를 누가 베어낼 수 있을까

그러나 시간의 도끼는
때로 나무를 길 위에 쓰러뜨리나니
파르르 떨리던 잎사귀와 그림자의 비명을
여기 다 적을 수는 없겠네

그가 그린 어떤 길은 벌목의 상처를 지니고 있어
내 발길을 오래 머물게 하네
굽이치며 사라지는 길을 끝까지 따라가게 하네

길을 그리기 위해서는
마음의 지평선을 먼저 생각해야 한다는 것
누군가 까마득히 멀어지는 풍경,
그 쓸쓸한 소실점을 끝까지 바라보아야 한다는 것

나는 한 걸음씩 걸어서 거기 도착하려 하네

나희덕 시집 『말들이 돌아오는 시간』 수록

차례

여는 시

길을 그리기 위해서는 _4

비
의
방

장마가 시작되었다. 비 오는 날이 많아지니 빨래도 잘 마르지 않고 마음마저 눅눅해진다. 마음은 물렁물렁한 반죽처럼 이렇게 저렇게 모양을 바꾸며 전염력이나 점착성이 강해진다. 어제는 우산을 챙기지 못해 거리에서 소나기를 맞았다. 오랜만에 비를 맞으니 잠들어 있던 감각과 기억이 깨어나는 것 같다.

비와 관련해 떠오르는 두 장면이 있다. 언젠가 중국 옌지 들판에서 한 할아버지가 아기를 업고 빗속을 걸어가는 모습을 보았다. 벌거벗은 노인과 아기의 몸은 잘 먹지 못해 마른 수숫대처럼 여위었다. 노인은 비에 온전히 자신의 몸을 내맡겼다. 더이상 젖을 옷이 없기에 비를 피해 뛰어갈 필요도 없었다. 어린 자연을 업고 걸어가는 늙은 자연, 이상하게도 그 처연한 모습에서 어떤 평화가 느껴졌다.

또다른 장면은 런던 바비칸 센터에 전시된 〈Rain room〉이다. 어둡고 거대한 방 한쪽에 인공의 비가 쏟아져내리는 사각의 공간이 있었다. 그 속으로 걸어들어간 관객들은 빗속을 걸어다녔다. 하지만 실은 그 정교한 기계장치 속에서 사람들의 몸은 전혀 젖지 않았다. 천장에 뚫린 무수한 구멍들을 올려다보면 비가 쏟아지지 않는 통로를 짐작할 수 있기 때문이다.

빗줄기 속에 빛나는 사람들의 실루엣, 그러나 그들은 젖지 않은 몸으로 비의 방을 유유히 걸어나왔다.

두 장면의 차이를 이렇게 표현할 수도 있겠다. '비에 젖은 자는 더이상 젖지 않는다'와 '비를 관람하는 자는 끝내 젖지 않는다'. 사람이 성장하고 문명이 진화한다는 것은 한편으로는 비와 해와 바람으로부터 멀어지는 과정이 아닐까. 둘 중에 어느 쪽이 더 행복한지는 좀더 생각해봐야겠다.

구부러진 손가락들

런던에 체류하는 동안 자주 들르던 자선 가게charity shop가 있었다. 심장병 어린이를 위한 기금을 모으는 곳이었는데, 사람들이 기부한 중고 물건들을 정리하고 판매하는 일이 모두 자원봉사자들에 의해 이루어졌다. 그곳에서는 상태가 비교적 양호한 중고 CD를 2~3파운드에 살 수 있었다. 운이 좋으면 한국에서 발매되지 않았거나 오래전 절판된 음반을 구할 수도 있었다.

그 가게를 자주 찾았던 또다른 이유는 한 점원을 보기 위해서였다. 계산대에 앉아 있는 사십대 중반의 그 남자는 장애로 심하게 일그러진 육체를 지니고 있었다. 하지만 안경 너머로 빛나는 눈은 초식동물처럼 선량하고 평화로워 보였다. 그가 자유롭지 못한 입술과 혀로 간신히 무어라 웅얼거릴 때, 나의 귀는 그의 낯선 영어 발음에 친숙하게 반응했다. 키 큰 영국인들이 머리 위로 빠르게 토해내는 말보다는 그의 더듬거리는 말이 오히려 정답게 느껴졌다.

가게에는 종일 음악이 흐르고 있었는데, 레퍼토리가 나쁘지 않았다. 흥겨운 곡이 나오면 그의 구부러진 손가락들은 허벅지를 투욱 투욱 치며 장단을 맞추었다. 하지만 그는 몰랐을 것이다. 음악 소리를 뚫고 희미하게 울려퍼지는 그 마찰음이 내가 더 귀기울여 듣고 있는 음악이라는 것을. CD를 고르는 동안 내 시선은 그 슬픈 몸의 움직임에 더 오래 머물곤 했다는 것을.

물건을 골라 계산대 위에 놓으면 그의 손가락은 이내 음악에서 풀려나 컴퓨터 자판의 숫자들을 누르기 시작했다. 뒤틀리는 손으로 아주 천천히 숫자 버튼을 눌렀지만, 말을 잘 듣지 않는 손가락들은 자주 에러를 냈다. 그러면 친절한 그의 동료가 달려와 문제를 해결해주곤 했다. 물건을 사려고 기다리는 고객들 중에 그로 인해 시간이 지체되는 것에 짜증을 내는 사람은 아무도 없었다.

내가 내민 지폐를 받아 넣고, 그는 심하게 떨리는 손으로 거스름돈을 건넸다. 크고 작은 동전들이 오그라든 손가락들에서 금방이라도 빠져나올 것처럼 위태로워 보였다. 흔들리는 물통 속의 물처럼 찰랑거리는 동전들. 나는 그 소리가 무슨 노래라도 되는 것 같아서 동전을 지갑에 쉽게 던져 넣지 못했다. 동전을 손에 꼭 쥐고 걸으며 그가 들려준 음악의 여운을 느끼고 싶어서.

빵을 먹는다는 것은

나는 빵을 좋아한다. 그런데 사실은 빵보다는 빵집이라는 공간을 더 좋아하는지도 모르겠다. 갓 구워낸 빵들이 쌓여 있는 모습만 보아도 마음이 풍성해지고, 오븐에서 흘러나오는 구수한 냄새에 내 몸도 빵처럼 부푸는 것 같다. 특히 오랜 전통을 자랑하는 빵집은 아무리 배가 불러도, 줄을 한참 서더라도, 그냥 지나칠 수가 없다.

영국 바스에 가면 생긴 지 삼백 년도 더 된 빵집이 있다. 살리 런Sally Lunn이라는 프랑스 여인이 이 집에서 빵을 만들어 팔기 시작했던 것은 1680년이라고 한다. 부드럽고 둥근 빵 위에 여러 가지 재료를 토핑으로 얹어 내오는데, 아주 담백하면서도 깊은 맛이 난다. 손님이 어찌나 많은지 한참을 기다려서 먹은 탓도 있겠지만 말이다. 이 빵집에 자주 들렀다는 제인 오스

틴이나 찰스 디킨스 등의 사진이 벽에 걸려 있고, 지하에는 작은 빵 박물관도 있다. 이쯤 되면 빵을 먹는다고 하기보다는 빵에 깃든 역사와 기억을 맛본다고 해야 할까.

이병률 시인의 산문을 읽다보니, 파리에 있는 백 년 된 빵집 얘기가 나온다. 이 빵집이 바게트의 맛을 한결같이 유지해온 비결은 반죽을 할 때 그걸 조금 떼어두었다가 다음 반죽을 할 때 넣는 데 있다고 한다. 시인의 표현을 빌리면, "백 년 된 기억이 조금씩 끊임없이 섞이면서 빵맛을 고스란히 유지하고 있는" 것이다. 특별한 재료나 향신료를 넣지 않아도 늘 같은 맛을 유지하는 그 비법은 평범해 보이지만 결코 쉽지 않은 일이다.

옛날식 제빵기와 반죽 도구들이 남아 있고, 화덕과 오븐에는 그을음이 내려앉은 오래된 주방. 그곳에서 매일 작은 빵들을 만들어 세상에 내놓는 사람들. 대대손손 빵을 먹으며 살아온 인간의 역사가 바로 그 정직한 손길에서 이루어졌다. 어디 빵 굽는 사람뿐인가. 빵 속에 깃들어 있는 햇빛과 비와 바람, 그리고 곡물을 길러낸 농부의 땀방울까지 떠올린다면, 빵을 먹는다는 것은 일종의 우주적 행위처럼 여겨진다. 칠레의 시인 가브리엘라 미스트랄이 "빵을 가지러 가는 네 손을 낮추어라" 하고 노래한 것도 그 장엄함에 대한 예의를 갖추라는 뜻이 아니었을까.

온기에 대하여

유럽의 노숙자들은 개를 데리고 다니는 경우가 많다. 개를 가족
처럼 아끼는 것은 좋지만, 당장 오갈 데 없이 끼니 걱정을 해야
하는 처지에 개를 데리고 다니는 것이 처음엔 의아하게 여겨졌
다. 한두 마리도 아니고 무려 여섯 마리의 개들과 거리에 앉아
있는 노숙자를 본 적도 있다. 기르던 개가 새끼를 낳은 것인지,
길 잃은 개들을 동병상련으로 거둔 것인지는 알 수 없지만…….
어쩌면 개와 함께 있는 것이 행인들의 연민을 불러일으키기에
더 효과적인지도 모른다.

　그 젊은 노숙자를 발견한 것은 런던 도심의 뮤지컬 극장 앞
이었다. 공연이 시작하기를 기다리는 사람들과 퇴근길의 인파
로 극장 앞은 매우 혼잡했다. 그런데 분주하게 움직이는 행인
들 사이로 구석에 앉아 책을 읽고 있는 한 남자가 보였다. 그의

27

곁에는 순하게 생긴 개 두 마리가 서로에게 몸을 묻은 채 잠들어 있었다. 그는 하나밖에 없는 담요를 개들에게 내어주고 자신은 차가운 시멘트 바닥에 앉아 있었다. 한 손으로는 개를 쓰다듬어주고, 다른 한 손으로는 책을 잡고 있는 모습. 그 둘레에는 다른 공기가 흐르고 있는 것 같았다.

그의 앞에 놓인 찌그러진 종이컵에는 동전 몇 개가 들어 있을 뿐이었다. 하지만 누가 동전을 넣든 개의치 않고 그는 독서에만 몰입했다. 해가 진 뒤였지만 그가 앉은 곳이 극장의 전광판 앞이라 책을 보기에 불빛은 충분했다. 복장이나 배낭 등이 양호한 상태인 걸 보니 그가 노숙을 시작한 것은 그리 오래되지 않은 듯하다.

그는 집을 잃고 가족을 잃었는지 모르지만, 그에게는 아직 삶을 버티게 하는 두 가지 무기가 남아 있다. 두 마리 개와 한 권의 책. 개는 온기를 나눌 수 있는 가장 가까운 존재일 것이고, 책은 자존감을 잃지 않도록 그의 정신을 지켜줄 것이다. 어두워지는 거리에 서서 그를 오래 바라보며 사람을 살아가게 하는 힘은 무엇일까 생각해보았다.

날씨가 점점 추워지는데, 그와 두 마리 개는 오늘도 어디서 밤을 보내고 있을까.

개와 주인이 닮은 이유는

흔히 개를 문명화된 늑대라고 말한다. 개를 사육하기 시작한 것이 14,000년 전이니 개는 가축들 중에서도 가장 오랫동안 인간의 동반자로 살아온 셈이다. 사냥감 물어오기, 썰매 끌기, 가축이나 집 지키기, 시각장애인의 길잡이, 공항이나 국경 수색하기, 식용 개고기와 공업용 가죽 등 그 역할 또한 다양하다.

요즘엔 실용적인 목적보다는 애완용으로 개를 기르는 경우가 대부분이다. 특히 자식이 없는 노부부나 독신자들에게 사랑스러운 애완견은 가족의 몫을 톡톡히 대신한다. 옛 서양회화에서 귀족들 곁에 개가 자주 등장하는 걸 보면 애완견의 역사도 꽤 긴 것 같다.

개가 그토록 오래 사랑받아온 이유는 무엇일까? 아마도 주인의 말에 잘 따르는 충성심 때문일 것이다. 율리시스가 긴 장

정 끝에 변장을 하고 집으로 돌아왔을 때, 유일하게 주인을 알아보고 반겨준 것도 그의 개 아르고스였다. 그 외에도 영민하고 충직한 개에 관한 일화는 수없이 많다. 프랑스의 '개들의 묘지'라 불리는 동물 공동묘지에 가면 이런 비문碑文을 자주 볼 수 있다고 한다. "인간에게는 실망하지만, 나의 개에게는 한 번도 실망한 적이 없다." 이 말에서처럼 개에 대한 과도한 사랑의 이면에는 인간에 대한 불신이나 관계의 단절이 자리잡고 있다. 사람들은 자기와 다른 타인을 필요로 하기보다는 자기와 닮은 개를 더 원한다.

실제로 산책길에서 만난 개와 주인은 부모 자식처럼 어딘가 닮아 있다. 주인의 옷이나 신발과 개의 모습에서 어떤 일관된 취향과 애착을 읽어내기는 어렵지 않다. 검은 등산바지와 등산화의 주인은 털털해 보이는 검은 개를, 짙은 밤색 신사복과 정장 구두의 주인은 온순해 보이는 밤색 개를 데리고 다니는 것이 과연 우연일까? 빨간 운동화를 신은 아가씨와 귀여운 흰 개를 연결하는 개 끈이 빨간색이라는 것은 어떻게 설명할 수 있을까? 날렵한 갈색 부츠를 신은 아가씨와 갈색 얼룩을 지닌 개의 우아한 표정은 또 얼마나 닮았는가?

자신과 닮은꼴인 개를 데리고 산책하는 사람들. 개 끈을 꼬옥 움켜쥔 그 외로운 손들을 오래 바라본다.

엎드릴 수밖에 없다

영국의 석세스 지방은 바닷바람이 거세기로 유명하다. 석세스에서 가장 아름다운 해변인 세븐시스터즈Seven Sisters에는 석회질로 이루어진 흰 절벽 일곱 개가 나란히 펼쳐져 있다. 해변으로 가는 길에 심하게 굽은 나무 한 그루를 보았다. 이 나무를 보니 해변이 그리 멀지 않음을 알겠다. 바람이 어느 쪽에서 불어오는지도.

겨울 들판에 홀로 서 있는 이 나무는 그야말로 살아 있는 풍향계다. 가파른 비탈이나 산정山頂도 아닌데, 나무는 굽을 대로 굽었다. 수직으로 자라야 할 나무가 거의 지평선과 평행을 이룬 채 굽이치고 있다. 게다가 소금기를 머금은 바람 때문에 삭은 가지에는 곰팡이와 이끼가 검버섯처럼 피어 있다. 하지만 가지 끝에 남아 있는 마른 이파리와 붉은 열매는 이 나무가 아직, 가까스로, 살아 있음을 말해준다.

고행자의 풍모를 지닌 나무 앞에 서 있으니 예배당에라도
온 듯 마음이 숙연해진다. 그는 하늘보다 땅을 바라보고 살아
온 시간이 훨씬 많았을 것이다. 햇빛을 향해 가지를 뻗으려고
할 때마다 뒷덜미를 잡아채는 거센 바람에 다시 움츠러들곤 했
을 것이다. 바람이 통과할 때마다 가지들은 부대끼며 비명과
신음 소리를 냈을 것이다. 그러면서 잔가지들은 서로를 끌어안
으며 뒤엉킬 수밖에 없었을 것이다.

우리 눈에 보이지 않는 바람은 이 나무를 괴롭히며 자신이 원하는 방향으
로 구부리지. 이와 같이 우리 인간도 보이지 않는 손에 의해 가장 심하게 구
부러지고 고통받는 것일세.

자라투스트라는 산비탈의 나무를 보며 이렇게 말했다. 나무
가 바람에 굽은 것처럼, 인간 역시 보이지 않는 손에 의해 단련
되기 마련이다. 그 보이지 않는 손은 신일 수도 있고 운명일 수
도 있다. 고통이 주어졌다는 것은 신이 우리 곁을 지나가고 있
다는 신호라고 할 수 있다.

그 보이지 않는 손이 삶을 강하게 구부릴 때, 당신은 어떻
게 하는지? 더 낮게, 더 낮게, 엎드리는 것 말고는 다른 도리가
없다. 바람이 지나갈 때까지 뿌리는 흙을 향해 더 맹렬하게 파
고드는 수밖에 없다. 그렇게 엎드렸던 흔적들을 나무도 사람도
지니고 있다.

묘비 대신 벤치를

눈이 왔다. 런던을 떠나기 전 마지막 눈일 것이다. 날씨가 좀 춥긴 했지만, 한 해 동안 즐겨 걷던 템스 강변을 이별 의식이라도 하듯 천천히 걸었다. 강을 따라 일렬로 놓인 벤치에 오늘은 사람들 대신 흰 눈이 곱게 내려앉았다. 이따금 작은 새들이나 아이들이 벤치에 쌓인 눈을 툭 치며 간다. 그때마다 벤치 등판에 새겨진 이름들이 드러난다.

그 벤치들은 사람들이 세상을 떠난 가족이나 친구를 기리기 위해 템스 헤리티지 트러스트Thames Heritage Trust에 기증한 것이다. 초록 벤치의 등판에는 누군가를 기리는 문장들이 새겨져 있다. '너무나 사랑했던 우리 어머니를 기억하며' '아버지의 아름다운 삶이 이곳에서 영원하기를' '템스 강을 누구보다 사랑했던 친구를 위하여'……. 이런 문장들 아래에는 고인의 이름

38

과 생몰연대가 적혀 있다. 부부의 이름이 나란히 적혀 있는 벤치도 있고, 때로는 앞서 떠난 자식을 기리는 벤치도 있다. 잘 알려진 시나 소설 문장이 적혀 있는 벤치도 있다.

내가 산책하다 즐겨 앉던 벤치에는 사람 이름 대신 'Que sera sera'라는 글자만 음각되어 있다. 마음이 무겁거나 우울할 때 그곳에 앉아 도리스 데이의 그 노래를 혼자 읊조리다보면, 마음 한끝에서 밝은 기운이 생겨나곤 했다. 내 앞에 무엇이 기다리고 있을지 알 수 없지만 모든 것이 잘될 거라고 누군가 어깨를 두드려주는 것 같았다. 눈앞에 흘러가는 강물처럼 그냥 흘러가라고, 괜찮다고, 이 또한 지나갈 거라고…… 놀랍지 않은가, 평범한 의자에 적힌 한 문장이 그런 위로를 베풀어준다는 것이.

그날 저녁 산책에서 돌아와 아이들에게 제법 비장하게 말해두었다. 내가 세상을 떠나면 양지바른 언덕이나 강가에 묘비 대신 벤치를 놓아달라고. 죽어서도 차가운 대리석 묘비보다는 나무의자가 따뜻할 것 같다고. 그 벤치에 누군가 앉아 생각에 잠겼다 가거나 사랑을 나누어도 좋겠다고. 아니면 오늘처럼 아무도 앉지 않고, 종일 흰 눈만 소복하게 쌓여도 좋으리라.

저
구름을
가져갈
수
있다면

영국을 떠나며 가장 가져오고 싶었던 것이 있다. 구름이다. 영국은 해양성 기후에다 바람이 강해서인지 구름의 변화가 유난히 다채로웠다. 터너나 콘스터블 같은 풍경화가의 그림에 구름의 표현이 풍부한 것도 그런 자연환경과 관계가 깊을 것이다. 특히 기후 변화가 심한 여름날의 구름은 자연이 빚어내는 오묘한 예술작품이다. 소나기가 지나고 맑게 갠 하늘에 피어오르는 구름은 얼마나 신선해 보이는지 한입 베어먹고 싶을 정도다. 하지만 하늘에 유유히 흘러가는 구름을 어찌 한줌이라도 손에 쥘 수 있을 것인가. 그런데 한국에 돌아와보니, 이곳의 구름도 영국의 구름 못지않게 아름다웠다. 왜 나는 영국의 구름이 더 특별하다고 여겼던 것일까. 생각해보니, 그건 구름의 차이가 아니었다. 영국에서는 모처럼 하늘을 보고 지내는 시간이 많아졌기 때문이다. 결국 내가 잃어버린 것은 구름이 아니라 구름을 바라볼 시간과 마음이었다.

　어린 시절 나는 마루나 풀밭에 누워 하염없이 구름을 바라보곤 했다. 토끼 모양도 되었다가 백조 모양도 되었다가 구름은 순간순간 모습을 바꾸었다. 잠시 눈을 감았다 뜨면 새로운 구름들이 눈앞에 밀려와 있었다. 어린 날에 바라보던 그 구름들은 다 어디로 갔을까. 이 질문에 정현종 시인은 "내가 잃어버린 구름이/ 하늘에 떠 있구나"라고 대답한다.

　시인들은 누구보다도 구름을 사랑하는 종족이다. 일찍이 보들레르는 구름을 "신이 증기로 만든 움직이는 건축"이라고 표현했다. 그가 사랑한 것은 가족도, 친구도, 조국도, 미인도, 황금도 아니었다. 무엇을 가장 사랑하느냐는 질문에 '이방인' 보들레르는 "난 구름을 사랑해. 저기 흘러가는 구름……"이라고 대답했다. 네루다의 『질문의 책』에도 구름에 관한 질문이 여럿 있다.

구름들은 그렇게 많이 울면서
점점 더 행복해질까?

우리는 구름에게, 그 덧없는 풍부함에 대해
어떻게 고마움을 표시할까?

　덧없는 풍부함, 그것이 우리가 구름을 사랑하지 않을 수 없는 이유다.

연애소설 읽는 노인

아일랜드의 던 레어리Dun Laoghaire는 바닷가의 작은 마을이지
만, 제임스 조이스 박물관이 있어서 여행자의 발길이 잦은 편
이다. 박물관을 둘러보고 해변을 따라 내려오는데, 한 노인이
바닷가에 앉아 책을 읽고 있었다. 시멘트 기둥 위에 낡은 베개
두 장을 얹어놓으니 훌륭한 야외용 의자가 되었다. 약간 더운
날씨였는데 노인은 군청색 양복을 입고 있다. 여기저기 좀이
슬거나 해진 양복을.

돋보기안경을 끼고 독서에 열중하고 있는 노인은 내가 오
랫동안 주변을 서성거렸는데도 한 번도 뒤를 돌아보지 않는다.
노인은 무슨 책을 읽고 있을까. 아일랜드가 배출한 제임스 조
이스나 오스카 와일드의 소설일까, 아니면 예이츠의 시나 베케
트의 희곡일까. 수도사에 가까운 옷차림이나 근엄한 표정으로

보아 신학책이나 철학책일지도 모르겠다. 간간이 책장 넘기는 소리만 파도 소리에 섞여 들릴 뿐이다. 그의 귀가 유난히 큰 것도 파도 소리를 많이 들어서일까.

노인을 보고 있으니, 루이스 세풀베다의 소설 『연애소설 읽는 노인』의 주인공 안토니오 호세 볼리바르가 떠올랐다. 아마존 밀림에서 원주민과 함께 지내던 그는 어느 날 책의 매력에 눈뜨게 된다. 이후로 책 읽기는 고독이라는 짐승을 쫓아줄 유일한 방패이자 밀림과 문명세계를 잇는 다리가 되어주었다. 특히 그가 좋아했던 연애소설들은 죽은 아내의 빈자리를 채워주고 인간의 야만성을 잊게 해주는 유일한 위안이었다. 물론 이 작품은 연애소설을 읽는 평화보다는 아마존의 평화를 깨뜨리는 개발의 폭군들과 그에 저항한 싸움을 주로 그리고 있다. 밀렵꾼에게 새끼와 수컷을 잃은 암살쾡이와의 혈투 끝에 그가 돌아온 곳은 연애소설이 있는 오두막이었다.

낡은 군청색 양복을 입고 책을 읽는 노인은 어떤 싸움에서 돌아와 여기 앉아 있는 것일까. 왠지 그의 책 읽기는 매일 그 장소에서 이어져온 것 같다. 아일랜드의 외딴 바닷가에서도 그는 책을 통해 런던에도 가고 파리에도 가고 아마존에도 다녀왔을 것이다. 어떤 문장은 여러 번 소리내 읽었을 것이다. 밀려오는 파도에게 들려주기라도 하듯이.

남은 페이지들을 다 읽을 무렵이면 이 바닷가에도 어둠이 밀려들 것이다. 그리고 어느 날 문득 인생이라는 책을 고요히 내려놓을 날이 그에게도 찾아올 것이다.

누가 사나 그 시계 속에는

백 년이 넘은 괘종시계

나는 여행을 할 때 그곳에서만 구할 수 있는 시계를 사곤 한다. 외국의 벼룩시장이나 옥션에서 값이 싸고 디자인이 독특한 앤티크 시계를 두어 개 사기도 했다. 그래서 수집이라고까지는 할 수 없어도 각기 다른 나라에서 건너온 시계들이 집 안에 놓여 있다.

그 시계들 속에서는 왠지 시간도 조금씩 다른 표정을 짓거나 다른 속도로 흘러가고 있는 것 같다. 일상의 시간과는 무언가 다른 시간을 경험하고 싶은 욕구가 낯선 시계에 대한 관심으로 나타나는지도 모르겠다. 시계를 볼 때마다 그것을 사던 장소와 시간뿐 아니라 그 시계가 거쳐왔을 수많은 사람들의 삶을 떠올려보곤 한다. 신기하게도 시계들은 똑같이 맞추어 놓아도 얼마 지나서 보면 꼭 몇 분씩 차이가 난다. 어떤 시계는 조금 빠르고, 어떤 시계는 조금 늦다. 이렇게 집 안의 시계들이 조금씩 다른 시간을 가리키고 있다는 사실이 나는 마음에 든다.

거의 죽은 것처럼 보이는 괘종시계도 있다. 1900년대 초에 참나무로 만들어진, 1미터 남짓한 높이의 스탠드형 괘종시계. '거의'라고 한 것은 평소엔 멈춰 있다가도 이따금 손으로 건드리면 갑자기 분침이 움직이면서 차임벨 소리를 내기 때문이다. 그럴 때 괘종시계는 깊은 잠에 빠져 있다가 깨어난 듯 째깍거리며 '아 참, 내가 시계였지!' 하는 표정을 짓는 것 같다. 그러니 이 시계를 어찌 죽었다고 단정할 수 있으랴. 몇 분 지나지 않아 다시 멈추긴 하지만, 수시로 깨었다 잠들었다 하는 이 시계가 나는 마음에 든다.

이 고물시계가 이삿짐에 끼어 바다 건너 광주로 건너오기까지는 약간의 우여곡절이 있었다. 아는 사람들을 따라 런던 근교의 옥션에 가보았다. 옥션에는 재미있는 구경거리들이 많았고, 옛 물건 보는 것을 즐기는 나에게는 더없이 좋은 놀이터였다. 더러 현대 미술작품도 눈에 띄었지만, 대부분의 경매품들은 오랜 세월의 때를 입은 물건들이었다. 우리나라에서라면 진작 고물상에서 폐기되었을 물건들이 유럽의 벼룩시장이나 옥션에서는 아직 몸값을 제법 받고 있었다. 최소한 오십 년 이상은 된 물건들이 내뿜는 묵은내를 맡고 있자니 이상한 향수에 젖어 시간 가는 줄 몰랐다.

그날은 경매가 열리지 않는 날이라 물건번호를 적은 입찰신

49

청서를 남겨두고 올 수 있었다. 나도 소품 몇 가지를 아주 낮은 가격으로 써놓고 돌아왔다. 도저히 그 가격에는 낙찰될 리 없다고 생각했는데, 몇 주 뒤에 전화가 걸려왔다. 그날 내가 써놓고 온 물건들 중 괘종시계가 낙찰되었으니 가져가라는 통보였다. 만일 가져가지 않으면 법적인 절차를 밟아 보관료와 소송비용까지 물게 될 것이라는 말도 잊지 않았다. 내가 쓴 가격을 물었더니 35파운드, 5만 원 정도였다. 할 수 없이 봉고차를 가진 이웃의 도움을 받아, 돈을 지불하고 문제의 괘종시계를 실어왔다. 차가 덜컹거릴 때마다 시계에서 흘러나오는 고색창연한 차임벨 소리를 들으며, 나는 시계가 아니라 골동악기 하나를 가지게 되었다며 스스로를 위로했다.

괘종시계를 이해하기 위하여

좁은 거실에 시커멓고 커다란 괘종시계를 가져다놓으니 그 모습이 약간 우스꽝스러웠다. 그러나 한식구가 된 시계를 정성껏 닦고 자세히 살펴보니 괜찮은 구석이 없지 않았다. FOREIGN 이라는 글자가 적혀 있는 것으로 보아 영국이 아닌 다른 나라에서 만들어졌나보다. 외제의 외제라니……. 하여튼 국적을 알 수 없는 먼 나라에서 왔다는 사실이 그 시계의 연원을 좀더 신비롭게 만들어주었다.

심미적인 면에서도 장인의 정성과 감각이 느껴지는 디자인이었다. 몸체의 목질이 단단해서 한 세기 넘는 세월을 견딜 수 있었겠구나 싶었고, 공명통 역할을 하기에도 적합한 재질이었다. 시계판 아래 새겨넣은 꽃장식과 모서리를 다듬은 솜씨도 정교했다. 금속으로 된 시계판은 때가 끼고 여기저기 긁힌 흔적이 많았지만, 그 또한 시계의 연륜이라고 생각하면 그만이었다. 초침은 처음부터 없었던 듯하다. 하기야 백여 년 전에는 초를 다투어 살 만큼 삶이 각박하지 않았을 테니 초침이 없다는 것도 문제가 되지 않았을 것이다. 고정핀이 빠져 자꾸 떨어져 내리는 분침을 꾹 눌러 붙이면서 이것이야말로 진정한 아날로그 시계라고 중얼거렸다.

그런데 막상 시계를 작동시키려고 하니 결정적으로 태엽을 감는 열쇠가 없었다. 금속으로 된 네모난 시계판에 세 개의 구멍이 있는데, 거기에 열쇠를 넣고 태엽을 감아야 시계가 돌아가는데 말이다. 옥션에서 물건을 건네받을 때 열쇠를 미처 챙겨오지 못한 것이다. 나는 골동시계를 모으는 지인의 집을 방문해 여러 개의 열쇠를 빌려왔다. 다행히 그중 크기가 맞는 열쇠가 있어서 세 개의 태엽을 최대한 감아두었다.

드디어! 시곗바늘이 돌아가기 시작했다. 분침과 시침의 주기는 잘 맞는 편이었고 차임벨 소리와 괘종 소리도 제법 운치가 있었다. 그런데 문제는 분침의 속도였다. 이 분침이 돌아가는 속도는 일반적인 초침보다는 느리고 일반적인 분침보다는 빨랐다. 분침이 3과 6과 9와 12라는 숫자를 지날 때마다 울리는 차임벨 소리가 15분이 아니라 몇 분 간격으로 들렸다. 마치

그동안 멈춰 있던 시간을 벌충하기라도 하듯이 분침은 조급하게 움직였다. 이렇게 독자적인 속도로 움직이는 시계가 있다니! 이 속도는 대체 누가 정한 것이고 무엇을 기준으로 한 것일까. 아니면 괘종시계 속에 누군가 살고 있는 것일까.

시계가 돌아가는 원리를 이해하기 위해 시계 뒤판을 열고 들여다보았다. 몇 개의 톱니바퀴가 맞물려서 시침과 분침을 잇고, 그것은 다시 차임벨을 울리는 긴 금속막대기와 연결되어 있었다. 하지만 오르골을 축소시켜놓은 듯한 괘종시계의 내부를 제대로 이해하거나 수리하기에는 공학적 지식이나 기술이 전혀 없었다. 그렇다고 이 커다란 시계를 끌고 수리점에 찾아간들 구식 시계를 제대로 고칠 수 있는 이가 있을까 싶었다. "대상을 이해할 수는 없어도 사랑할 수는 있다"는 영화 대사처럼, 내가 할 수 있는 것은 이 이해할 수 없는 시계를 사랑하는 일밖에 없었다.

연구년을 마치고 배편으로 이삿짐을 부치면서 이 고장난 시계를 버리지 않은 것은 몇 달 남짓 정이 들어서였다. 식구들은 짐을 하나라도 줄여야 할 판에 고물을 왜 가지고 가느냐고 핀잔을 주었지만, 나는 '이 시계는 고장난 게 아니라 독특한 존재 방식을 지닌 사물'이라고 우겨댔다. 현재의 시각을 알려주는 기능은 잃어버렸어도 어떤 물건이 백 년을 넘겼다면 거기엔 영혼 같은 게 깃들어 있을 거라고. 그리고 그 신비를 해독해나가야 할 의무가 시인인 나에게는 있다고. 언젠가 이 알 수 없는 시계에 대해 한 편의 시를 쓰게 될 거라고.

광주의 집에 옮겨온 후에도 이 괘종시계는 여기 놓았다 저기 놓았다 어울리는 자리를 쉽게 찾지 못했다. 처음엔 이 늙은 시계를 서재 앞 복도에 문지기처럼 세워두었다.

서재로 들어갈 때마다 그는 중세의 수도사처럼 "메멘토 모리!"라고 말하는 것 같았다. 글을 쓰는 일이란 무엇보다도 시간과 싸우는 일이라고, 나보다 나이가 한참 많은 그가 넌지시 일러주는 것 같았다. 그러다가 볕이 잘 드는 거실 창가로 자리를 옮겼다. 이국의 손님에게 남도의 풍경을 보여주고 싶어서였다. 햇빛에 시계의 작은 상처까지 다 드러났지만, 시계판 유리에 얼비친 화분들이며 창밖의 나무들로 시계의 표정은 한결 밝고 온화해졌다.

한동안 그럭저럭 가는 듯하다가 결국 멈춰버린 괘종시계가 지금은 2시 30분을 가리키고 있다. 고장난 시계도 하루에 두 번은 맞는 순간이 있다고 하지 않는가. 심심하면 손가락으로 바늘을 움직여 시간대를 바꾸어놓기도 하지만, 이 시간에 맞추어 둔 것은 내가 잠자리에 들 무렵이라서다. 내가 잠을 자듯이 그 시계도 잠을 자는 것뿐이다. 자기 전에 "잘 자!" 하면서 시계 몸통을 툭 치면, 멈춰 있던 분침이 깜짝 놀라 째깍째깍 돌기 시작한다. 그렇게 한두 바퀴 돌다가 시계는 스르르 멈춘다. 어떤 진동이 그를 다시 깨울 때까지 시계는 자신이 시계임을 잊고 깊은 잠에 빠져드는 것이다.

세상에는 이렇게 조금씩 틀리거나 어딘가 이상한 시계들이 종종 있다. 그래서 나는 '모든 시계는 정확하다'는 말에 동의하기가 어렵다. 시계로 대변되는 근대적 시간관에 대해 공연히 딴지를 걸고 싶어서만은 아니다. 인간이 시간을 일정한 길이로 쪼개고 시, 분, 초의 단위를 만들어낸 것은 대단한 발견 중 하나다. 게다가 한 방향으로만 움직이는 시곗바늘은 지나온 시간을 거슬러 갈 수 없다는 진리를 우리에게 순간순간 일깨워준다. 하지만 시계라는 사물을 너무 기능적인 차원에서만 바라볼 필요는 없다. 표준적인 시계들 한 켠에는 그 규범을 이탈하기 좋아하는 시계들도 있다는 사실을 존중하면 된다.

언젠가 강진 읍내의 한 식당에서 본 벽시계는 얼마나 큰지 초침 길이가 어른 팔 정도는 되어 보였다. 그런데 바늘들을 묶고 있는 연결 부분이 매끄럽지 않아서인지 초침의 움직임이 눈에 띄게 불규칙했다. 얼마간 멈추었다 멀리뛰기 하듯 쑤욱 움직이는 초침의 보폭은 시간의 균질성이라는 말을 무색케 했다. 그런데도 시간은 비교적 정확한 편이었다. 제멋대로 움직이는 것 같아도 60초에 한 바퀴를 정확히 돌기 때문에 그럭저럭 시계 노릇을 할 수 있는 것이다.

책이나 풍문을 통해 보고 들은 얘기까지 보태자면, 이상한 시계들의 목록은 상당히 많아진다. 구스타프 융은 『인간과 상징』에서 무생물이나 사물까지도 무의식과 상호 협력한다고 보앞다. 시계가 주인의 죽음과 때를 같이해 멎어버리는 경우도 그런 예이다. 실제로 상 수시의 프레데릭 대제가 임종하는 순간 궁전의 추시계가 멈추었다고 한다. 그 외에도 누군가 죽는 순간 그의 거울이 깨어진다거나 사진틀이 떨어진다거나 하는 일, 정서적인 위기를 맞는 순간 집 안에 있는 어떤 물건이 설명할 수 없는 이유로 깨어지는 일 등도 융은 무의식이 사물에 미치는 영향으로 설명한다.

그 비슷한 일을 나도 겪은 적이 있다. 오래전 고인이 되신 이광웅 시인이 암으로 투병하다가 운명하셨을 때 그분의 머리맡에 있던 탁상시계가 멈추었다는 얘기를 들었다. 죽음을 향한 공포와 고통을 견디기 위해 그 작은 시계를 붙잡고 얼마나 몸부림쳤을까. 이때 시계는 단순한 기계가 아니라 그분이 맞서 싸우던 시간의 상징형식에 가깝다. 어떤 사물이든 마음을 깊게 쏟으면 그 염력이 기계에도 미친다는 융의 견해를 나는 지지하는 쪽이다.

시계와 죽음의 관계에 대해 생각하다보니, 터키의 돌마바흐체 궁전에 걸려 있던 아타튀르크의 시계도 떠오른다. 터키의 아버지라 불리는 아타튀르크가 임종한 시각은 1938년 11월 10일 오전 9시 5분이었다. 집무를 시작할 무렵 심장마비로 죽은 그를 기리기 위해 궁전의 시계는 9시 5분으로 고정되어 있다. 팔십 년이 지난 오늘날에도 이날 이 시간이 되면 국민 전체가 일제히 걸음을 멈추고 1분 동안 묵념을 한다고 들었다. 이 시계의 역할은 현재의 시각을 알려주는 것이 아니라 잊지 말아야 할 과거의 한 시점을 기리는 데 있다.

시계는 시간의 상징형식인 동시에 실제로 우리의 시간을 매순간 지배한다. 아침에 출근하면서부터 잠자리에 들 때까지 시계는 종일 우리를 따라다니며 일과를 지시하고 통제하는 역할을 한다. 내가 삶의 주체가 되어 사는 게 아니라 시계가 이끄는 대로 분주하게 뛰어다니다가 하루가 지나가고 만다. 몇시에 약속, 몇시에 회의, 몇시에 강의……. 그 숫자들 속에 갇혀 어느새 하루가 지나고, 그렇게 일생이 지나갈 것이다.

이 새로운 지배자로부터 놓여나기 위해서는 잠시라도 시계를 멈추거나 풀어두어야 한다. 로제 폴 드루아는 『사물들과 철학하기』에서 사람이 시계를 풀어놓는 때는 "사랑을 할 때, 물에 들어갈 때, 잠을 잘 때"라고 말했다. 이때만큼은 시간이 주는 압박감에서 벗어나 몸과 마음을 내려놓을 수 있으니까.

내가 고장난 괘종시계를 좋아하는 것도 그 시계가 째깍거리며 무언가 하라고 독촉하지 않기 때문이다. 버튼으로 초 단위까지 정확하게 맞출 수 있는 디지털 시계들 속에서 이 낡은 아날로그 시계는 전혀 다른 시간의 터전을 내어준다. 그 속에서 쉬고, 놀고, 상상하고, 생각하고, 엉뚱한 질문을 던지고, 시곗바늘을 이리저리 움직여본다.

그렇게 보면 이 고장난 괘종시계는 참으로 시적인 사물이 아닐 수 없다.

문학 속에서 한 시간은 한 시간이 아니다. 향기와 소리와 계획, 분위기로 가득찬 화병이다.

『잃어버린 시간을 찾아서』를 쓴 프루스트의 이 말처럼, 글을 쓴다는 것은 일상적 시간에 대항하면서 새로운 시간을 창조하는 일이다. 한편 밀란 쿤데라는 시를 이렇게 정의했다.

시는 어떤 놀라운 관념으로 우리를 현혹하는 것이 아니라, 존재의 한 순간을 잊을 수 없는 것으로 만들고 견딜 수 없는 향수에 젖게 하는 것.

'시' 대신 '시계'를 넣어 이 말을 조금 바꾸어보자. 잊을 수 없는 존재의 한순간을 가리키는 이상한 시계들, 그것은 우리로 하여금 견딜 수 없는 향수에 젖게 한다고.

오,
시
간
이
여

내가 즐겨 차는 손목시계에는 셰익스피어 초상과 함께 그의 희곡 『십이야』에 나오는 문장이 새겨져 있다. 쉬지 않고 움직이는 건 시곗바늘만이 아니다. 시계의 둥근 판을 감싸고 있는 이 문장 역시 한시도 쉬지 않고 돌아가며 시간의 지혜를 말해준다. 대충 번역해보면 이렇다.

오. 시간이여.

이 엉킨 매듭을 풀어야 하는 것은 내가 아니라 바로 너다.

이 매듭을 푸는 것이 내게는 너무도 어렵구나.

『십이야』에서 이란성쌍둥이인 바이올라와 세바스찬은 풍랑으로 서로 헤어지게 된다. 여동생인 바이올라는 남장을 하고 올시노 공작의 하인이 되는데, 올리비아에게 사랑의 심부름꾼 역할을 하다가 오히려 그녀의 구애를 받게 된다. 여자의 몸으로 주인이 사랑하는 여자의 사랑을 받게 되자 곤혹스러워하며 내뱉는 탄식이 바로 이 문장이다.

때로는 시간만이 뒤엉킨 운명의 실타래를 풀어줄 수 있다는 것, 바이올라의 입을 빌려 전하는 셰익스피어의 이 통찰 앞에 고개를 끄덕이게 된다. 결국 헤어진 오빠를 만나고 복잡한 상황이 정리되는 걸 보며 그녀의 무력한 고백이 가장 정확한 처방이었다는 생각이 든다.

이 작품에서도 그렇듯이, 시간은 두 가지 얼굴을 지니고 있다. 누구에게도 예외 없이 젊고 아름다운 모습을 빼앗아가는 시간과, 뒤엉킨 인생의 매듭을 풀어주며 용서와 화해에 이르게 하는 시간이 그것이다. 그래서 우리는 속절없이 지나가는 시간을 원망하기도 하고, 고통을 씻겨주고 가라앉혀주는 시간에게 감사하기도 한다. 나이가 들수록 시간과 화해하는 법을 배우게 된다는 것은 자신의 능력보다 시간의 너그러움에 좀더 기댈 수 있게 되었다는 뜻이리라.

하루에도 몇 번씩 시계를 차거나 풀면서 이 문장을 읊조리곤 한다. 바이올라처럼 풀기 어려운 문제를 만나면 그것은 곧 나의 독백이 되기도 한다.

시계의 무게보다 그것이 퍼나르고 있는 시간의 무게가 유난히 무겁게 느껴질 때 "오, 시간이여"라고 가만히 불러본다. 삶의 가해자이자 해결자인 그 이름을.

아이들, 천국의 입구

거미줄, 먼지 같은 것들은 잊어버리고

첫째 아이를 키울 때는 이 아이가 언제 자라서 어른이 되나 까마득하기만 했다. 그래서 한 달이 멀다 하고 문설주 옆에 아이의 키를 표시하며 "와, 이만큼 컸네" 기뻐하곤 했다. 그런데 둘째 아이를 키울 때는 머리를 쓰다듬으며 주문처럼 "자라지 말아라, 자라지 말아라" 중얼거렸다. 아이들이 부모 품에 머무는 기간이 그리 길지 않음을 느꼈기 때문이다.

아미시 공동체에 전해 내려오는 어머니의 묵상에 이런 대목이 있다. "청소나 설거지는 내일까지 미룰 수 있지만, 슬프게도 아이들은 훌쩍 자라버린다. 그러니까 거미줄, 먼지 같은 것들은 잊어버리고 지금은 아기를 재우며 행복한 시간을 갖도록 하자. 그런 즐거운 시간은 오래가지 않을 것이므로."

아이들이 다 자란 지금 돌이켜보니 정말 맞는 말이다. 하지만 그때는 잘 몰랐다, 품속에 새근새근 잠든 아기의 숨소리가 얼마나 아름다운지. 모래투성이로 집에 들어온 아이의 맨발이 얼마나 사랑스러운지. 그저 업어서 재우기에 바빴고, 씻기고 먹이기에도 정신이 없었다.

아이들의 사랑스러움을 제대로 느끼기 시작한 것은 오히려 내 아이가 더이상 아이라고 부를 수 없는 나이가 되면서부터다. 여행을 가도 거리에서 아이들을 만나면 그냥 무장해제되어버린다. 화려한 왕궁이나 관광지를 둘러보는 것보다 도시의 뒷골목을 어슬렁거리며 아이들이 뛰노는 모습을 바라보는 게 더좋다. 이스탄불 토카프 궁전에 갔을 때, 세계에서 가장 크다는 86캐럿의 다이아몬드보다 궁전으로 소풍 온 아이들의 파란 눈동자가 훨씬 눈부시게 느껴졌다.

터키의 수도 앙카라에 갔을 때도 고성이 있는 오래된 마을에서 한 무리의 아이들을 만났다. 아이들은 모처럼 나타난 관광객을 무리 지어 따라다니며 서로 자기를 찍어달라고 포즈를 취했다. 지푸라기나 돌멩이 하나도 신기하게 바라보는 아이들. 무지개를 좇아 달려가는 아이들. 지붕이 무너지고 담벼락에 금이 간 집들이 많았지만, 그 쇠락한 골목길이 지금도 환한 느낌으로 남아 있는 것은 아이들의 웃음소리 덕분일 것이다. 그 웃음소리야말로 인류를 행복하게 만드는 세계 공용어 아닌가. 아이들의 사진을 다시 꺼내보며 중얼거린다. 아, 아이들이 천국의 입구였구나.

저녁 무렵 스코틀랜드 내셔널 갤러리 앞에 꽤 많은 사람들이 모여 있었다. 전자 기타, 백파이프, 드럼으로 구성된 3인조 밴드가 스코틀랜드 민요를 연주하고 있었다. 지나가던 여행객들도, 퇴근하던 회사원들도, 밴드 주변에 둘러 앉아 음악에 귀를 기울였다. 중세에는 백파이프가 병사들의 사기를 북돋아주었다는데, 오늘날에는 일상에 지친 사람들에게 기운을 불어넣어주고 있구나.

분위기가 고조되자, 한 여자아이가 일어나 춤을 추기 시작했다. 사람들의 시선은 정작 연주자들보다 그 앞에서 분주하게 움직이고 있는 한 아이에게 쏠렸다. 사랑스러운 눈빛과 발그레한 볼을 지닌 아이였다. 아직 뒤뚱뒤뚱 걸으면서도 장난감 유모차를 끌고 다니는 모습이 앙증맞았다. 아이는 음악에 맞추어 발을 구르고 온몸을 들썩들썩 흔들어대었다. 나중에는 장난감 유모차도 내던지고 용수철처럼 깡충깡충 공중으로 뛰어올랐다. 아이의 들린 발을 보라! 두려움도 부끄러움도 없이, 비상飛上의 본능에 가장 충실한 이 영혼을 보라!

춤추는 아이를 따라 연주자들도 제자리에서 높이 뛰어오르면서 악기를 연주했다. 공중으로 높이 뛰면서 발을 앞뒤로 엇갈리게 하는 것이 스코틀랜드 전통춤인 모양이었다. 사람들의 박수 소리도 점점 커지고 빨라졌다. 한 아이에 의해 점화되어 앉아 있던 사람들이 하나둘 일어났고, 결국 광장은 춤추는 사람들의 열기로 가득찼다. 춤에 서투른 내 몸도 드디어 움직이기 시작했다. 팽팽하게 부푼 백파이프의 가죽주머니와 연주자의 두 뺨처럼, 내 심장도 함께 부풀어올랐다. 무용가 피나 바우쉬는 "춤춰라, 춤춰라, 그러지 않으면 우리는 죽는다"고 말했다. 이 말을 혼자 중얼거리다보면 발끝이 조금씩 들리면서 걸음은 춤에 가까워진다. 그렇게라도 굳은 몸뚱이를 밀어올리지 않으면 정신마저 주저앉아버릴 것 같기에. 춤추지 않는 몸, 움직이지 않는 정신이란 이미 죽은 것이나 다름없기에.

비눗방울, 꿈의 구조물

바르셀로나의 구엘 공원에는 스페인 건축가 안토니오 가우디가 친구인 구엘을 위해 설계한 집과 정원이 있다. 아니, 그것은 단순한 공원이 아니라 꿈과 환상으로 빚어진 하나의 세계다. 돌과 흙과 나무로 만들어졌지만, 가우디의 손이 닿으면 딱딱한 물성이 제거된 것처럼 재료들이 아주 부드러워진다. 특유의 구불구불한 곡선과 나선형의 계단들은 건축물을 꿈틀꿈틀 살아 있는 생명체처럼 느끼게 한다.

구엘 공원을 둘러보고 내려오다가 공터에서 비눗방울 만드는 여자를 보았다. 내가 본 비눗방울 중에서 가장 크고 튼튼한 비눗방울이었다. 비눗물을 풀어놓은 양동이에 긴 끈을 담갔다가 휘리릭 펼치면 허공에 영롱한 무지갯빛 방들이 만들어졌다. 숙련된 마술사처럼 그녀는 다양한 모양과 크기의 비눗방울들을 끝없이 피워냈다. 허공에서 잠시 빛났다가 사라지는 방들의 일렁거리는 곡선은 가우디의 동화적 세계와 잘 어울렸다.

지나가던 사람들은 걸음을 멈추고 여자가 빚어내는 비눗방울을 바라보았다. 한 아이가 나비를 쫓아다니듯 비눗방울을 향해 손을 뻗으며 뛰어다녔다. 아이의 손끝에서 비눗방울이 터지기도 했고, 어떤 비눗방울은 아이를 포근하게 감싸안았다. 문득 비 오는 날 처마 밑에서 비눗방울을 불던 어린 시절이 떠올랐다. 누구의 비눗방울이 더 크고 멀리 가는지 친구와 내기를 했었지. 비눗방울을 따라 우리의 꿈도 멀리멀리 날아가는 것 같았지.

가우디가 남긴 웅장한 건축물에 비하면 비눗방울은 참으로 가볍고 덧없는 꿈의 구조물이다. 하지만 그날 나는 비눗방울 속에 들고 싶었다. 숙박료도 없는 그 투명한 방 속에.

이루어질 수 없는 소원일지라도

프라하의 블타바 강을 가로지르는 카를 교에는 30여 개의 동상들이 서 있다. 그중에서 사람이 가장 많이 붐비는 곳은 얀 네포무크 신부의 동상 주변이다. 얀 네포무크 신부는 왕의 추궁에도 왕비의 고해성사 내용을 끝까지 말하지 않았다는 이유로 강물에 던져졌다. 별 다섯 개를 후광처럼 두른 채 물에 잠겨 있는 그의 형상은 여전히 입을 굳게 닫고 있다. 그 동상에 손을 대고 소원을 빌면 이루어진다는 속설 때문인지 동판이 반질반질하다. 사람들은 줄을 서서 기다렸다가 동판 위에 손을 얹고 소원을 빈다.

그렇게 소원을 비는 손길들에 의해 청동이 벗겨진 동상은 세계 곳곳에 있다. 성 베드로 대성당에 있는 베드로 동상이나 크로아티아의 성당에 있는 대주교 그레고리우스 닌의 동상 역시 발가락이 반질반질하다. 에딘버러에 있는 철학자 데이비드 흄의 동상이나 하버드 대학의 설립자 존 하버드의 동상도 마찬가지다. 이스탄불 성 소피아 성당에는 구멍에 엄지손가락을 넣고 360도 돌리면 소원이 이루어진다는 기둥이 있다.

소원을 비는 동상이나 장소가 이렇게 많은 걸 보면, 무언가를 기원하는 마음에는 국적이 따로 없는 것 같다. 소원을 비는 대상 자체가 어떤 영험한 힘을 지니고 있어서는 아닐 것이다. 오히려 간절히 무언가를 원하는 마음이 소원을 비는 명소를 만들어냈다고 보는 편이 맞을 것이다.

얀 네포무크 신부의 동판에 손을 대고 나도 소원을 빌었다. 사실 그 소원이 무엇이었는지는 그리 중요하지 않다. 카를 교를 다시 건너오는 동안 나는 릴케의 『말테의 수기』에 나오는 한 구절을 떠올렸다. 번민에 잠겨 있을 때, 청년 말테는 어린 시절 어머니의 이 말을 기억해냈다.

말테야, 너는 소원을 비는 것을 잊지 마라. 소원을 비는 것을 포기해서는 안 돼. 이루어지는 것은 없더라도 소원을 품고 있어야 해. 평생 동안 소원을 계속 품다보니, 그것이 이루어지길 기대할 수 없는 그런 소원도 있어.

이루어지기를 기대할 수 없는 소원이라니……. 그런 점에서 소원을 비는 것은 삶의 충분조건이 아니라 필요조건이다. 설령 그것이 이루어질 수 없는 소원일지라도.

'love'라는 단어가 들어가는 나라 이름을 아시는지? 동유럽의 보석이라 불리는 슬로베니아Slovenia. 슬로베니아의 수도 류블랴나 역시 '사랑스럽다'는 뜻의 이름처럼 작고 사랑스러운 도시다. 시내를 가로지르는 강에는 다리가 여럿 있는데, 그중에는 연인들이 사랑의 자물쇠를 걸어두는 명소가 있다. 비슷한 풍경을 다른 도시에서도 보곤 했지만, 오늘밤에는 유난히 자물쇠들이 불빛 속에서 도란도란 이야기를 나누는 것 같다.

크기와 모양과 색깔도 가지가지, 심지어 끈으로 된 자전거 자물쇠도 보인다. 한 개의 자물쇠에 두 사람의 이름을 나란히 적은 것도 있고, 두 개의 자물쇠를 맞물려 채워놓은 것도 있다. 이제 막 걸어놓은 자물쇠도 있고, 붉게 녹슬어버린 자물쇠도 있다. 사랑이라는 말 앞에는 으레 '첫, 마지막, 영원한, 유일한'

등의 수식어가 붙기 마련이지만, 자물쇠들에는 그 사랑의 주인 공들과 마찬가지로 각기 다른 세월의 흔적이 남아 있었다. 연 인들은 자물쇠를 채우며 변치 않는 사랑을 맹세했으리라. 그러 고는 열쇠를 누구도 찾을 수 없도록 강물에 던졌으리라.

그러나 세월 앞에서 누가 사랑을 잠글 수 있을까. 저 자물 쇠들처럼 사랑도 반짝이다가 점점 빛바래며 녹슬어가는 것 을……. 연인과 헤어지고 다시 그 자리로 돌아온 사람은 무슨 생각을 할까. 그때쯤 되어서는 사람의 마음을 영원히 잠글 수 없다는 것을, 잠그려고 할수록 더 멀어지는 것이 사랑이라는 것을 깨닫게 되었을까. 또는 열쇠를 되찾을 수만 있다면 다시 사랑을 시작할 수 있으리라 믿고 싶었을까.

다리를 건너니 슬로베니아의 민족시인 프레세렌의 동상이 보인다. 그의 시선을 따라가면 노란 건물 2층 벽면에 그가 사랑 한 여인상이 새겨져 있다. 창가에 서서 한 손을 들어올리며 수 줍게 웃고 있는 율리아. 스무 살이 넘는 나이 차이와 신분 차이 로 두 사람은 사랑을 이루지 못했다. 그 이루지 못한 사랑을 기 리기라도 하듯 후대 사람들은 둘의 조각상을 서로 가까이 바라 볼 수 있는 자리에 세워두었다. 사랑의 시 말고는 아무것도 채 워지지 않은 두 사람의 애틋한 거리가 아름답다고 생각하며 나 는 중얼거린다. 이루어지지 못한 사랑만이 녹슬지 않는다고.

카
파
도
키
아
의
창
문
들

카파도키아는 터키의 내륙 한가운데 자리잡고 있어서 이스탄
불에서 가려면 열두 시간 넘게 버스를 타야 한다. 장거리를 밤
새 달리기 때문에 심야버스는 남녀가 함께 앉을 수 없게 좌석
이 분리되어 있다. 같은 여자라 하더라도 이상한 승객과 동승
하면 길고 고단한 여행이 짜증스러워지기 십상이다.

　내 옆자리에는 다행히 아주 상냥하고 친절한 터키 아가씨가
탔다. 그녀는 창에 기대어 잠을 청하면서 선뜻 자신의 어깨를
내게 빌려주었다. 생전 처음 만난 외국인에게 어깨를 내어주는
것도, 그 어깨를 베고 잔다는 것도 그리 쉬운 일은 아니다. 그
러나 그녀가 직접 구워 온 쿠키를 나누어 먹으며 우리는 금방
친근해졌고, 나는 어느새 그녀의 어깨에 기대 스르르 잠이 들
었다.

카파도키아에 도착하니 아침이었다. 그곳에서 나에게 주어진 시간은 열 시간이 채 안 된다. 저녁 8시에는 다시 심야버스를 타고 이스탄불로 돌아가야 한다. 열 시간의 자유와 새로운 경험을 위해 그 두 배가 넘는 시간을 심야버스에 꼼짝없이 갇혀 있어야 하는 셈이다. 그러나 그런 고단함을 지불해도 억울하지 않을 만큼 카파도키아의 풍광은 이채로웠다. 특히 곳곳에 남겨진 초기 기독교 유적들이 인상적이었다. 태고의 모습을 간직한 카파도키아의 풍경은 현대의 물질문명이 잃어버린 어떤 신성함을 느끼기에 충분했다.

거대한 화산지형인 카파도키아에는 다양한 모습의 계곡이 펼쳐져 있고, 그 사이로 버섯 모양의 응회암들이 수만 개 이상 솟아 있다. '요정의 굴뚝'이라고 불릴 만큼 멀리서 보면 작고 귀여운 스머프 집처럼 보이지만, 그 속에는 기나긴 수난의 역사가 자리잡고 있다. 초기 기독교인들이 로마 황제의 핍박을 피해 그 돌기둥들 속에 굴을 파고 살았고, 7세기에는 이슬람 세력의 침입에 쫓겨온 기독교인들 또한 적지 않았다고 한다. 그래서 터키인들은 이 땅의 이름을 '괴레메(보아서는 안 되는 것)'라고 불렀던 모양이다.

지하 석굴은 개인이 기거했던 방 한 칸 크기에서부터 제법 큰 교회나 수도원에 이르기까지 모양과 크기가 다양했다. 단층이 아니라 아파트처럼 몇 층이 연결된 구조도 있고, 지하 8층까지 파내려가며 만든 지하도시는 안내자 없이는 길을 잃을 정도로 거대한 미로에 가까웠다. 이처럼 동굴 거주지가 발달할 수 있었던 것은 우선 사암이나 응회암의 부드러운 석질 덕분이다. 그러나 만일 신앙을 지키기 위해 이 외딴 계곡까지 숨어들어야 했던 아나톨리아인들의 고통이 없었다면 이 거대한 석굴도시는 이루어지지 못했을 것이다.

특히 괴레메 야외박물관에는 30여 개의 석굴교회가 모여 있다. 그곳엔 11세기 무렵의 프레스코화들이 아직까지 상당히 선명하게 남아 있다. 교회의 천장과 벽면을 장식하고 있는 벽화의 특징에 따라 각기 재미있는 이름들이 붙여져 있다. 카파도키아의 수호성자 성 요한이 말을 타고 뱀을 무찌르는 모습이 그려진 '뱀의 교회', 바닥에 예수의 발 모양이 새겨진 '샌들의 교회', 가브리엘 천사의 손에 사과가 들려져 있어서 붙여진 '사과의 교회'…… 그리고 젤베 야외박물관에 있는 '포도의 교회'나 '사슴의 교회'에는 비둘기, 공작, 물고기, 종려나무 같은 형상이 그려져 있다. 벽화에 그려진 형상이나 염료를 통해 시대를 추정할 수 있고, 성상파괴운동 이전과 이후를 구별할 수도 있으니, 석굴교회 전체가 야외에 마련된 종교 박물관인 셈이다.

벽화 말고도 바위를 깎아서 만든 저장고와 가마, 포도주통, 식탁과 의자 등을 통해 당시 수도사들의 생활을 짐작해볼 수 있다. 그러나 석굴이든 교회든 밖에서 보면 바위에 크고 작은 구멍들이 군데군데 뚫려 있을 뿐 내부를 전혀 볼 수 없게 되어 있다. 그런 점에서 카파도키아의 자연지형은 은신처로는 제격이다. 바위에 난 큰 구멍은 수도사들이 기거하는 방이나 수도원의 창문이고, 작은 구멍은 비둘기 집이다. 전화나 우편 같은 것은 상상조차 할 수 없었던 그 시절, 비둘기의 발목에 묶어 날려보냈을 그들의 편지는 오늘날 우리가 문명의 이기를 통해 주고받는 사연과는 사뭇 달랐을 것이다.

비둘기는 통신용으로 기르기도 했지만, 구멍 속에 비둘기의 배설물을 모아서 포도를 재배할 때 거름으로 사용했다고 한다. 이렇게 인간과 새와 식물이 서로를 키워내며 평화롭게 공존할 수 있었다는 것도 카파도키아의 아름다움이다. 독특한 지형 위에 꼭 자신의 생존에 필요한 만큼만 돌을 파내고 살았던 사람들. 그 시절에 인간은 자연 위에 군림하는 지배자가 아니라 자연의 일부에 깃들어 사는 겸손한 존재였을 것이다.

카파도키아의 웅장한 자연보다도 나를 전율하게 한 것은 어두운 석굴 속에 깃들어 살았을 사람들의 흔적이다. 돌기둥 위에 부정형으로 뚫려 있는 크고 작은 구멍들, 그것이 세상을 향해 난 창문이라니! 그 창문을 통해 바라보았을 천 년 전의 별들은 얼마나 찬란하게 빛났을 것인가. 별빛과 달빛이 희미하게 비쳐드는 석굴 속에서 그들의 영혼은 얼마나 고독하고 거룩했을 것인가. 카파도키아의 전경이 한눈에 내려다보이는 언덕에서 이런 생각을 하는 동안 나도 모르게 눈시울이 뜨거워졌다.

기억조차 할 수 없지만, 신앙의 선조들이 일구어놓은 어떤 성지聖地가 내 몸 어딘가에도 자리잡고 있었는지 모른다. 그 성스러운 노랫소리를 오래도록 잊고 살았던 나에게 어렴풋한 멜로디를 다시 들려준 카파도키아. 태고의 침묵에 젖은 바위의 눈동자들, 그 작은 창문들을 향해 손을 흔들며 나는 현실로 돌아오는 버스에 다시 몸을 실었다.

비둘기엄마

맨해튼 유니온스퀘어 광장. 북적이는 사람들 사이로 보도블록 위에 내려앉은 비둘기떼가 보였다. 도심 어디서든 볼 수 있는 범상한 풍경이었다. 그런데 가까이 다가갈수록 무언가 이상하다는 생각이 들었다. 인기척에도 새들이 전혀 움직이지 않았기 때문이다. 자세히 보니, 비둘기와 참새, 바닥에 흩어진 식빵이나 피자조각까지 모두 펠트지와 자투리 헝겊으로 만들어진 것이었다. 손으로 만든 수공예품이라 모양과 크기가 각기 달랐고, 표정 하나하나가 살아 있었다.

이 거리예술 작품의 제목은 〈New York Nature Scene〉. 인조 비둘기들이 뉴욕 시의 자연풍경이라니, 위트 있는 제목이었다. 곁에 서 있는 작가의 복장 또한 특이했다. 흑갈색 피부에 장신구를 주렁주렁 달고 있는 모습이 인디언의 후손인 듯했다.

원피스뿐 아니라 안경테와 립스틱 색깔까지 모두 진회색으로 차려입은 그녀는 그야말로 비둘기엄마motherpigeon 같았다. 그녀는 자신의 작품에 관심을 보이거나 구매하려는 사람들을 응대하면서 짬짬이 길 위에 앉아 펠트지로 새로운 비둘기를 만들었다. 엄마새가 아기새를 낳듯이, 가슴에 달린 바느질가위로 실을 톡 톡 끊으면서 능숙한 솜씨로 크고 작은 새들을 낳았다.

작가의 인스타그램 주소가 적힌 팻말을 보고, 그녀의 홈페이지에 들어가보았다. 'motherpigeon'이라는 사이트에는 그녀가 비둘기와 맺어온 인연이 소개되어 있었다. 1980년대 후반 뉴욕으로 이사 온 그녀의 가족은 철로변 아파트에 살았는데, 어느 날 지붕 위에 살고 있는 비둘기들을 발견하고 먹이를 주기 시작했다. 그후로 어디를 가든지 거리의 비둘기들에게 모이를 주는 일은 중요한 일상이 되었다. 그녀가 천으로 비둘기 인형을 만들기 시작한 것은 사람들에게 비둘기가 얼마나 특별하고 아름다운지를 이해시키기 위해서였다고 한다. 그녀는 이렇게 말한다. "당신이 장미나 야생화를 바라볼 때와 똑같이 비둘기를 바라보라"고. "우리 주위에 비둘기들이 있다는 것은 일종의 특권"이라고.

원래 평화의 상징이었지만, 이제는 너무 흔해져 도시의 천덕꾸러기가 되어버린 비둘기. 그 비둘기의 아름다움을 펠트지로 된 비둘기를 통해 느끼게 해주는 비둘기엄마. 그녀는 지금도 뉴욕의 길모퉁이에서 비둘기들과 도란도란 얘기를 나누고 있겠지.

새들아, 이리 오렴

공원에서 한 아이가 아버지와 함께 새들에게 다가가고 있다. 뜯어주던 빵조각은 동이 났지만, 새들은 두 사람 곁을 좀처럼 떠나지 않는다. 새들아, 이리 오렴. 아이는 다정한 목소리로 새를 부른다. 이럴 때 인간의 말은 가장 아름답게 들린다. 새를 향해 내민 손길 또한 나지막하고 부드럽다.

아시시의 성자 프란치스코는 모든 피조물이 한 형제라고 하면서 새들을 향해 설교했다고 알려져 있다. 물론 그 일화가 지나치게 신비화되었다는 애기도 있다. 움베르토 에코의 『장미의 이름』에서 윌리엄 수사는 제자 아드소에게 이렇게 설명한다. 프란치스코 성인이 도시의 사람들에게 설교를 했지만 도무지 알아듣지 못하자 새들에게 가서 말씀을 전했다는 것이다. 같은 언어를 사용한다고 해서 소통이 제대로 이루어지는 것은 아니

다. 언어와 종족이 달라도 마음의 귀를 잘 기울이면 충분히 교
감할 수 있다는 걸 프란치스코의 일화는 잘 보여준다.

　나도 이 아이처럼, 프란치스코처럼, 새와 얘기하던 시절이
있었다. 하지만 어른이 되면서 새와 대화하는 법을 잊어버렸다.
언젠가 인도의 사리스카 숲에 갔다가 새들이 모이는 갈림길에
이르렀다. 인기척에 새들이 사방에서 날아들었고, 나는 배낭에
서 청포도를 꺼내 손바닥에 올려놓았다. 그런데 새 한 마리가
손에 내려앉아 포도알을 쪼는 순간 어찌나 놀랐는지 포도알들
을 땅에 다 쏟아버리고 말았다. 그러고는 생각했다. 아, 시인 노
릇 헛했구나. 새에 대해 그렇게 많은 시를 써왔지만, 정작 문명
화된 내 몸은 새의 부리나 발톱의 이물감을 감당하지 못했다.
생각해보니 더운 피가 도는 짐승의 등을 만져본 지도, 나무를
꼭 끌어안아본 지도 너무 오래되었다.

　요즘은 산책이나 등산을 할 때 묵은 곡식과 빵조각을 배낭
에 챙겨넣는다. 헨젤과 그레텔처럼 그것을 조금씩 뿌리며 걸어
가면 새들이 날아와 쪼아먹는다. 특히 눈으로 덮인 산에서 겨
울을 나는 새들에게 몇 줌의 곡물은 훌륭한 식량이다. 새들이
들려주는 얘기를 굳이 인간의 언어로 번역하고 싶지는 않다.
다만, 산을 내려오면서 조금은 새가 된 듯 가만히 새소리를 내
어볼 뿐.

뒷모습을 가졌다는 것

오랫동안 한자리에 앉아 있거나 서 있는 사람들이 있다. 그들
은 대체로 누군가를 기다리고 있는 중이다. 만나기로 약속한
사람을, 또는 돌아올 기약이 없는 사람을 기다리고 있는 중이
다. 그렇게 적요로운 등을 만나면 좀처럼 시선을 거두지 못하
고 하염없이 그 뒷모습을 바라보곤 한다. "당신은 누구를 기다
리고 있나요?" 굳이 묻지 않아도 그의 기다림이 곧 나의 기다
림처럼 느껴진다.

그런가 하면 다른 사람이 찍은 내 뒷모습 사진을 받아들 때
가 있다. 내 뒷모습이 이렇게 생겼구나 하면서 먼 타인처럼 내
뒷모습을 물끄러미 바라본다. 숨기려야 숨길 수 없는 또하나의
내 얼굴이 거기에 있다.

자신의 뒷모습을 직접 볼 수 있는 사람은 아무도 없다. 타인

에게 포착된 시선을 통해서만 자신의 뒷모습을 확인할 뿐이다. 누군가는 내 뒷모습에서 때로는 쓸쓸함을, 때로는 차가움을, 때로는 경쾌함을 읽어냈으리라. 타인의 시선에 무방비로 노출된 등을 가졌다는 것. 자신이 알지 못하고 어찌할 수도 없는 신체의 영역이 있다는 것이 왠지 두렵고도 안심이 된다.

얼굴은 표정을 통해 많은 것을 전달한다. 입가에 미소를 짓거나, 미간을 찡그리거나, 눈물을 글썽이거나, 눈을 휘둥그레 뜨거나 하는 방식으로 다양한 감정이나 생각을 표현한다. 그러나 때로는 밋밋해 보이는 뒷모습이 더 많은 것을 말해주거나 더 강렬한 감정을 불러일으키기도 한다.

지팡이를 짚고 걸어가는 노인의 헐벗고 여원 다리는 참을 수 없는 연민을 느끼게 하고, 이마에 손을 짚은 채 종일 나무 그늘에 앉아 있는 노파의 뒷모습은 깊은 외로움을 느끼게 한다. 끌어안고 있는 연인의 뒷모습은 아름다웠던 사랑의 기억을 떠올리게 하고, 바닷가에 혼자 앉아 있는 소년의 뒷모습은 어린 시절 들었던 파도 소리를 다시 듣게 한다. 멀어져가는 수행자의 뒷모습은 장엄한 자유로움을 느끼게 하고, 들판에서 일하는 농부의 뒷모습은 삶의 짙은 땀냄새를 맡게 한다.

이처럼 뒷모습은 아무 말도 하지 않지만 동시에 아주 많은 것을 말해준다. 무엇보다도 뒷모습은 거짓말을 하지 않는다. 세상에 넘치는 거짓과 위선에도 불구하고 인간이 그나마 정직하고 겸손할 수 있는 것은 연약한 등을 가졌기 때문이다. 뒷모습을 가졌기 때문이다.

불을 끄고 별을 켜다

갑작스런 폭우로 시카고 오헤어 공항은 폐쇄되었고, 저녁 6시에 도착 예정인 항공기는 밤늦게서야 시카고 근처에 있는 락포드 공항에 비상착륙을 했다. 그런데 놀라운 것은 기내방송을 듣고 난 사람들의 반응이었다. 불평이나 항의를 하는 사람 하나 없이 너무도 태연하게 앉아 있는 게 아닌가. 식사가 나오지 않는 국내선이라 사람들은 대부분 점심과 저녁도 거른 상태였다. 그런데도 승객들은 마음의 여유를 가지려는 듯 웃으며 대화를 나누거나 책을 읽거나 음악을 들으며 기다렸다. 만일 한국에서 이런 일이 벌어졌다면 어땠을까.

비행기 안에 두 시간 이상 갇혀 있다가 시카고에 도착하니 9시가 훨씬 넘었다. 공항에 마중나온 경숙 아줌마 부부와 늦은 저녁을 먹고 아줌마네 집으로 가는데, 폭우로 도시 곳곳이 정전상태였다. 신호등이나 가로등이 꺼져 있고, 정전으로 문 닫은 가게들도 많았다. 가장 미국적인 도시라는 시카고에서 이런 정전은 수십 년 만에 처음 있는 일이라고 한다.

촛불을 밝혀놓은 집에 도착해 우리는 다소 불편한 낭만을 즐겼다. 특별한 손님이 온다고 시카고가 요란하게도 환영인사를 한다며 아줌마는 웃었다. 조금 어두운 시카고에서의 첫 밤, 조도照度를 낮춘 이 도시의 얼굴이 내 마음에 자리잡고 있던 미국에 대한 저항감을 다소 누그러뜨려주는 것 같았다. 아줌마는 예쁜 향초를 머리맡에 놓아주었고, 꽃무늬가 패치워크된 흰 침대 커버가 정갈하게 빛났다.

장시간 비행의 여독 탓인지 아침 늦게야 잠에서 깼다. 아줌마와 나는 집에서 멀지 않은 공원을 산책했다. 규모가 너무 커서 두 시간 이상 걸었는데도 공원의 일부밖에는 둘러보지 못했다. 자연스럽게 이어지는 숲길 사이에는 나라별로 특색을 살린 정원들이 조성되어 있고, 비온 뒤라 허브 향기가 싱그러웠다. 공원 구석의 벤치에서 책 읽는 사람들을 바라보며, 그 자리에 노파가 된 나를 잠시 앉혀보았다. 먼 후일의 나에게도 저런 여유와 평화가 찾아올 수 있을까, 이런 생각을 하는데 빗방울이 후드득 얼굴 위로 떨어졌다.

아줌마 가족이 시카고로 이민 온 지는 삼십 년이 넘었다. 오랫동안 적조했음에도 우리는 엊그제 만난 사이처럼 친숙하게 살아온 이야기를 나누었다. 아줌마가 고등학생이었던 시절, 그녀는 대여섯 살인 나에게 이렇게 묻곤 했다. "세상에서 누가 제일 예쁘지?" 마치 거울을 향해 주문을 외는 왕비처럼 그녀가 물으면, 나는 언제나 "경숙 아줌마가 제일 예뻐요"라고 대답했다. 그냥 대답만 하는 게 아니라 얼굴이 새빨개질 정도로 '제~일'이라는 말에 잔뜩 힘을 주면서 말이다. 나에게도 그녀에게도 그 즐거운 습관에 대한 기억이 서로를 이어주고 있었던 모양이다.

아줌마는 오십대 후반의 나이에도 불구하고 소녀처럼 천진하고 명랑했다. 그러나 그녀는 더이상 나에게 "세상에서 누가 제일 예쁘지?"라고 묻지는 않았다. 그녀 앞에는 다섯 살의 꼬마가 아니라 이미 마흔을 넘긴 중년 여자가 서 있기에.

저녁이 되자, 아줌마는 식탁에 꽃을 꽂고 촛불을 켜고 정성껏 식사를 준비했다. 만일 그 식탁에 전등이 환하게 밝혀졌다면, 오랜만에 만난 우리는 많이 변한 서로의 모습에 낯설어했을지 모른다. 그리고 표정 뒤에 숨겨야 할 게 좀더 많았을지 모른다. 다행히 그날 밤 역시 전기가 들어오지 않았고, 우리는 촛불이 만들어주는 추억의 공간 속에 좀더 머무를 수 있었다.

공교롭게도 내가 한국을 떠나기 전날이 에너지의 날이어서 밤 9시부터 5분간 소등을 하는 캠페인에 참여했었다. 〈불을 끄고 별을 켜다〉라는 제목의 행사였다. 원래 캔들 나이트는 미국에서 정부의 에너지정책에 반대하는 운동인 '어둠의 물결'에서 시작되었다고 한다. 정기적으로 플러그를 뽑고 촛불을 밝히면서 삶의 여유를 되찾고 지구온난화를 방지하자는 뜻을 담고 있다. 실제로 전국에서 5분간 소등하면 대기중의 CO_2가 5톤 이상 감소할 수 있다고 한다. 전등을 끄고 촛불을 켜는 일은 에너지를 아끼는 효과뿐 아니라 잃어버린 삶의 여유와 향수를 되찾아준다는 점에서 마음에 별을 켜는 일과도 같다.

정전된 시카고, 나는 잠시 문명의 뒤편에 다녀온 느낌이 들었다. 정전이 더 길게 더 폭넓게 계속되었다면, 아마 촛불 아래서의 따뜻한 낭만도 공포와 짜증으로 변했을 것이다. 그러나 이틀 정도의 정전은 즐겁게 누릴 만한 것이었고, 적당한 어둠은 이렇게 말해주는 것 같았다. 더 자주 불을 끄고 촛불을 켜라고, 그리고 저 하늘의 별을 바라보라고.

이 손수건으로 무엇을 닦을 것인가

손수건을 볼 때마다 나는 거기에 누군가의 얼굴이 담겨 있다는 생각이 든다. 아마도 베로니카의 일화 때문일 것이다. 십자가를 메고 골고다 언덕으로 걸어가는 예수를 향해 안타까운 마음에 손수건을 내밀었던 여인 베로니카. 피와 땀을 닦아낸 그 손수건에는 예수의 얼굴이 나타났다고 한다. 사람의 손이 아니라 얼룩으로 생겨난 예수의 형상은 중세 이후 성화聖畵에 자주 등장하는 모티프가 되었다. 연민과 비통함에 젖은 채 손수건을 들고 서 있는 베로니카. 그녀의 손을 통해 손수건은 가장 아름답고 숭고한 이미지를 얻은 바 있다.

그런가 하면 셰익스피어의 비극 『오셀로』에서는 흑인 장군 오셀로가 손수건 한 장 때문에 아내 데스데모나를 오해하고 질투심에 불타 결국 그녀를 죽이고 만다. 자신이 정표로 준 손수건이 캐시오의 방에서 발견되었기 때문이다. 뒤늦게야 이 모든 게 부하의 계략이었음을 깨닫고 오셀로는 스스로 목숨을 끊는다. 『오셀로』에서는 손수건이 가장 내밀한 사랑의 징표이자 그 주인의 행방을 가리키는 강력한 단서가 되고 있다.

손수건 하면 떠오르는 여인이 또 있다. 루마니아 출신 여성 작가 헤르타 뮐러의 어머니 이야기다. 그녀는 노벨문학상 수상 연설문에서 아침마다 현관에서 "손수건 있니?" 하고 물어보던 어머니를 추억한다. 그 한마디야말로 과묵한 농부였던 어머니가 할 수 있는 사랑의 표현이었다고.

어느 날 헤르타 뮐러의 어머니는 독일인이라는 이유로 경찰서에 끌려갔다. 어머니는 독방에 갇혀 몇 시간을 울다가 눈물 젖은 손수건으로 가구의 먼지를 정성껏 닦아주었다고 한다. 그때 손수건은 어머니로 하여금 외로움과 공포를 견딜 수 있게 하고 인간의 자존을 지키게 한 사랑의 무기였을 것이다.

이처럼 손수건에 의해 빚어진 세 여인의 운명은 참으로 다르다. 베로니카는 평범한 여인에서 성녀의 반열에 올랐고, 아름다운 왕비 데스데모나는 영문도 모른 채 죽음을 맞이해야 했다. 그리고 가난한 농부 여인은 자신을 잡아 가둔 사람들의 더러운 공간을 눈물 젖은 손수건으로 닦아주었다. 아침마다 손수건을 챙겨 나오면서 스스로 묻는다. 오늘은 이 손수건으로 무엇을 닦을 것인가.

세 개 의 반 지

우리가 반지를 나누어 가진 것은 이국의 식탁에서였다. 내가 스페인의 수제품 가게에서 그 반지들을 고를 때만 해도 상상할 수 없는 만남이었다. 경란은 삼십여 년 만에 다시 만난 초등학교 친구이고, 미선은 영국에서 새롭게 알게 된 친구다. 두 사람은 나의 친구라는 인연으로 처음 만났다. 어제의 친구와 오늘의 친구가 만나 내일의 친구가 된 것이다. 우리는 식사를 마치고 반지를 하나씩 골라 끼었다.

경란은 사진을 찍고, 미선은 그림을 그리고, 나는 시를 쓴다. 경란은 열쇠가 그려진 반지를, 미선은 나비가 그려진 반지를, 나는 꽃이 그려진 반지를 선택했다. 경란은 반지 속의 열쇠로 인생에 남아 있는 문들을 지혜롭게 열어갈 것이다. 미선은 반지 속의 나비를 따라 유난히 나비를 많이 그렸던 젊은 시절의 열정을 되찾을 것이다. 나는 반지 속의 작고 둥근 꽃들처럼 허공 속에 흔들리며 시를 써나갈 것이다. 그렇게 반지의 문양이 각자의 삶을 인도해줄 상징이나 신표가 되면 좋겠다.

원래 상징을 뜻하는 '심볼symbol'은 '심발레인symballein'이라는 동사에서 오지 않았던가. '함께 연결하다' '하나로 합치다'라는 뜻의 이 동사는 가까운 사람이 먼길을 떠날 때 하나의 물건을 둘로 쪼개서 각자 간직했던 옛 관습에서 유래했다. 다시 만났을 때 짝을 맞추어 서로를 확인했던 것처럼, 우리도 언제 다시 만나 이 반지들을 맞대볼 수 있을까. 그렇지 못하더라도 이따금 우리는 사각의 반지를 만지작거리며 이 시간을 그리워할 것이다.

우리를 하나로 묶는 것은 반지만이 아니다. 또래의 여자로서 비슷한 고통과 고독을 통과해왔다는 연대감이야말로 가장 강한 끈이라고 할 수 있다. 도란도란 얘기를 나누는 동안 우리는 금세 가까워졌다. 마치 긴 항해를 하다가 낯선 항구에 모여들어 함께 밤을 보내는 배들처럼.

우리의 손은 더이상 예쁘지도 젊지도 않다. 마디가 뭉툭해진 그 손으로 오랜 세월 셔터를 누르고 붓을 들고 펜을 잡았다. 또한 그 손은 아이들을 낳아 기르고 수없이 밥을 짓고 걸레질하는 데 바쳐졌다. 고단한 세월의 흔적을 거느리고 만난 우리의 손. 그러니까 이 반지는 희미하게 남아 있는 상처들과 조금씩 자리잡기 시작한 주름들 위에 끼워주는 어떤 화환과도 같은 것이다.

봄을 봄

이제 곧 봄이 오는데

찬바람이 부는 거리에 한 걸인이 쪼그려앉아 있었다. 그의 목에는 "나는 앞을 볼 수 없습니다"라고 적힌 팻말이 걸려 있고, 바닥에는 동냥 바구니가 놓여 있었다. 하지만 누구도 그를 눈여겨보거나 바구니에 돈을 넣어주지 않았다. 한 남자가 지나가다가 돌아와서는 걸인의 목에 걸린 팻말에 무슨 말인가 덧붙여 썼다. 그랬더니 사람들이 지나가다 발을 멈추고 그를 바라보았고, 바구니에는 동전이 모여들기 시작했다. 바뀐 팻말의 문장은 이러했다.

이제 곧 봄이 오는데, 나는 앞을 볼 수 없습니다.

그 문구를 고쳐준 사람은 프랑스의 초현실주의 작가 앙드레

브르통이었다. 봄의 찬란한 생명력과 대비시킴으로써 앞을 보지 못하는 걸인의 불행을 극대화한 데서 브르통의 작가적 기지와 감각을 엿볼 수 있다. 이 일화는 일상에서 마주치는 평범한 존재들도 어떻게 발견하느냐에 따라 경이의 대상이 될 수 있음을 잘 보여준다. 브르통은 경이를 이렇게 정의했다.

경이는 언제나 아름다운 것이다. 아니, 경이로운 어떤 것도 아름답다. 사실은 경이로운 것만이 아름답다.

원래 아름다운 대상이 정해져 있는 게 아니라 무언가 발견해낸 자가 느낀 경이로움에 의해서만 만물은 아름다워질 수 있다는 얘기다. 그런데 만일 봄이 아닌 다른 계절이었다면 어떠했을까. 그 정도로 강렬한 인상과 연민을 불러일으키지는 못했을 것 같다. 기나긴 겨울잠에서 깨어나 만물이 하나둘 피어나는 봄날의 모습은 다른 계절에 느끼는 자연의 변화와는 분명히 다르고 특별하다. 살아 돌아온 모든 존재들에게 한없는 찬탄과 축복을 보내고 싶은 계절. 연록빛 새순과 꽃망울들을 보면 저 여리고 고운 빛이 어디에 숨어 있다가 나타나는지 궁금해지는 계절.
이제 곧 봄이다. 아니, 봄은 이미 시작되었는지도 모른다. 둘러보면 어제의 빛이 다르고 오늘의 빛이 다르다. 자고 나면 매일매일 새로운 것들이 돋아나 있고 피어나 있다. 그 움트는 존재들을 들여다보는 사이에 봄날은 지나가리라. 그래서 누군가는 '봄'

이라는 계절의 이름이 '보다'라는 동사의 명사형이라고 말했
나보다.

수선화를 기림

어느 봄날 나는 수선화가 흐드러지게 핀 정원에 앉아 있었다.
그 환한 꽃빛을 잊을 수 없다. 이후로 삶이 잿빛으로 느껴질
때면, 눈앞에 아득하게 펼쳐져 있던 그 흰빛과 노란빛을 떠올
리곤 한다. 괴테의 『색채론』을 보면, 씨앗이나 뿌리 상태로 겨
울을 견뎌낸 봄꽃들은 주로 흰색이나 노란색을 띤다고 한다.
깊은 땅속의 어둠과 추위가 그렇게 환한 등불과도 같은 꽃을
피우게 했을까.

잘 알려진 대로 수선화의 학명은 '나르키소스Narcissus'다. 수
줍게 고개 숙이며 제 자신을 응시하는 듯한 모습 때문에 붙여
진 이름일 것이다. 에코와 수많은 요정들의 구애에도 아랑곳
하지 않고, 물에 비친 자신의 모습만을 사랑했던 나르키소스.
그래서 수선화는 때로 자기도취에 빠진 오만한 꽃으로, 죽음
에 이르는 비극적 사랑의 표상으로 이해되기도 한다. 하지만
내게는 수선화들이 '네 자신을 잘 들여다보라'고 말하는 것처럼
느껴진다. 네 속의 아름다움을 발견하라고.

수선화는 여섯 장의 꽃잎으로 이루어져 있고, 그 중심에는
'부관副冠'이라 불리는 속꽃이 붙어 있다. 꽃 속의 꽃. 이 속꽃이

야말로 수선화만의 또다른 눈이 아닐까. 흔히 자기 자신을 바라볼 줄 아는 재귀적 인식능력은 사람에게만 주어진 것으로 생각하지만, 스스로를 향해 고개를 약간 숙인 이 꽃은 아주 오래 전부터 그런 지혜를 터득한 것처럼 보인다. 그래서인지 다투어 피어나는 봄꽃들 중에서 수선화에 유독 눈길이 오래 머문다.

워즈워스는 「수선화」라는 시에서 "반짝거리는 별처럼/ 물가를 따라/ 끝없이 줄지어 피어 있는 수선화"를 보았지만 수선화의 속눈을 발견하고 수선화와 환희의 춤을 춘 것은 한참 시간이 흐른 뒤였다고 고백했다.

무연히 홀로 생각에 잠겨
내 자리에 누우면
고독의 축복인 속눈으로
홀연 빛나는 수선화

여기서 '속눈'이란 고독 속으로 깊이 침잠하면서 열리는 마음의 눈일 것이다. 수선화들 사이에 놓인 벤치 하나. 봄날이면 내 마음은 몇 번이고 그 자리에 돌아가 앉는다.

물 위 의 집

지난 계절 즐거움 중 하나는 강변에 나가 물닭의 일상을 관찰하는 일이었다. 물닭이 둥지를 틀 때부터 알을 낳아 품고 부화된 새끼들을 기르는 과정을 내내 지켜보았다. 물닭은 물가의 수초 더미나 선착장 나무기둥 같은 곳에 집을 짓는다. 어떤 물닭은 강가의 보트에 매달려 있는 빈 타이어 속에 둥지를 틀기도 한다. 물결이 흔들릴 때마다 물위의 집도 요람처럼 흔들린다.

물닭이 집을 짓는 재료는 아주 다양하다. 수초뿐 아니라 마른 나뭇가지와 이파리, 지푸라기, 수선화 줄기, 플라스틱 조각, 철사나 과자 봉지까지…… 수컷은 재료들을 열심히 물어 날랐고, 암컷은 둥지 속의 알을 지키며 그 재료들을 부리로 정성껏 다듬었다. 둥지 속의 알들을 굽어보는 암컷의 애틋한 시선과 열심히 먹이와 자재를 실어나르는 수컷의 움직임을 보고 있자니, 그 모습이 사람살이와 크게 다르지 않구나 싶다.

물닭은 물새의 일종이지만, 날아다니는 일에도 헤엄치는 일에도 그리 능숙하지 못하다. 물위에서 이동할 때도 발을 빠르게 움직여 수면 위를 달리는 것처럼 보인다. 실제로 그들의 발은 발가락이 넓적하고 물갈퀴가 있어서 작은 노櫓의 역할을 한다. 삐걱삐걱 노를 젓듯이, 네 개의 발가락이 손을 대신해 부지런히 움직인다. 물닭은 이렇게 날개보다는 거친 발에 의지해 우아한 백조나 사나운 물오리떼 틈에서 살아간다.

얼마 전에 갔더니, 물닭 부부는 어느새 다 자란 새끼들을 날려보내고 엉성해진 둥지에 무료한 듯 앉아 부리로 제 몸을 쪼고 있었다. 위태롭게 흔들리는 그 집은 몇 달 뒤에는 물에 흩어지거나 떠내려가고 말 것이다. 그러면 어느 물가에선가 다시 둥지를 틀고 알을 품겠지.

새들의 집은 아주 작고 가볍다. 특히 대지에 뿌리내리지 않아도 되는 물새 둥지는 수초처럼 늘 흔들린다. 새들의 자유는 이렇게 정주定住의 욕망이 없기에 가능한 게 아닐까. 왜 인간은 대지에 뿌리내리는 일로부터 한시도 자유로울 수 없을까. 집으로 돌아오는 저녁이면 수많은 창문들을 올려다보며 그런 질문을 던지곤 했다.

소
로
는
왜
숲
으
로
갔
을
까

헨리 데이비드 소로의 고향인 콩코드에 다녀왔다. 미국 메사추세츠 주의 월든 호수는 소로가 손수 집을 짓고 2년 2개월 2일 동안 살면서 새로운 삶의 방식을 실험했던 곳이다. 그 오두막은 사라졌지만, 호수 건너편 숲에는 복원해놓은 집이 있다. 그 앞에는 소로 동상이 있었는데, 자신의 손을 응시하며 힘차게 걸어가는 동상의 포즈가 인상적이었다.

가로 10피트, 세로 15피트, 높이 8피트의 오두막과 작은 헛간. 당시 이 집을 짓는 데 든 비용은 28달러 12.5센트가 전부였다. 자세한 건축비나 생활비 내역은 『월든』의 '경제' 편에 자세히 기록되어 있다. 그런 점에서 이 책은 인간이 최소한으로 소비하면서 어떻게 독립적으로 생활할 수 있는지에 대한 훌륭한 보고서인 셈이다. 비싼 집세를 지불하기 위해 평생 일과 돈에 끌려다니며 살기보다는 소박한 집에서 자유와 독립성을 누리는 편이 훨씬 낫다고 소로는 생각했다.

오두막 문을 열고 들어가니, 정면에 난로가 보이고 양쪽으로는 숲으로 난 큰 창이 있었다. 왼쪽에는 허름한 일인용 침대가, 오른쪽에는 작은 책상이 창을 향해 놓여 있고, 구석에 탁자 하나와 의자 세 개가 놓여 있었다. 정말 이게 전부다. 그런데 이상하게도 무엇 하나 남아돌지도 모자라지도 않는 느낌이 들었다. 그는 커튼을 달지 않은 이유를 "달이 비추어 상할 고기나 우유도 없고 햇빛에 변형, 변색될 가구도 없기 때문"이라고 설명했다. 그는 기름진 음식과 여벌옷도 마다했다. 어떤 잉여도 소로의 오두막에서는 찾아볼 수 없었다.

소로는 하버드대학을 졸업했지만, 명문대학 도서관에서보다 이 집의 책상에서 이루어진 사색과 독서가 더 깊이 있고 감동적이었다고 했다. 책상 앞에 앉아 창밖을 바라보다가 그 위에 놓인 방명록을 펼쳐들었다. 세계 각지에서 온 방문자들이 남긴 말들을 보니, 소로의 오두막이 세상의 어떤 집보다 크고 위대하게 느껴졌다.

그는 "온전히 내 뜻에 따라 살고, 삶의 본질적인 면에 부딪치고 싶었기 때문"에 숲으로 갔다. 제대로 된 삶의 본질을 만나기 위해서는 얼마나 많은 것을 걷어내고 비워야 하는 것일까. 이런 생각을 하며 오두막에 앉아 있었다, 숲이 어두워질 때까지.

소멸의 방

쿠사마 야요이는 사십 년 가까이 정신병원에 입원한 채 작품활동을 지속해온 세계적인 아티스트다. 그녀의 작품은 무수한 점과 빛이 빚어내는 환영들로 가득차 있다. 어릴 때부터 그녀는 공황장애뿐 아니라 줄곧 강박과 환영에 시달리며 성장했다. 그런데 어린 시절 환각 속에서 경험한 물방울무늬의 잔상은 오히려 그녀가 개성적인 작업을 하는 데 중요한 영감의 원천이 되어주었다. 쿠사마 야요이는 점들을 통해 세상을 느끼고 자신의 고통을 응시했다.

나는 나를 예술가라고 생각하지 않는다. 나는 유년 시절에 시작되었던 장애를 극복하기 위해 예술을 추구할 뿐이다.

전시실에 들어서자 안내원이 색색의 둥근 스티커를 나누어 준다. 온통 백색으로 칠해진 벽과 소품들 위에 관객들이 스티커를 붙이며 직접 체험하고 완성해가는 작품이다. 앞서 다녀간 관객들이 붙인 스티커들로 이미 벽과 가구의 많은 부분이 알록달록하게 채워진 상태다. 사람들의 손이 많이 간 곳에는 손때가 묻어 있고 스티커도 더 많이 붙어 있다. 그런데 작가는 왜 이 공간에 〈소멸의 방〉이라는 제목을 붙였을까.

이 방은 원래 고요한 백색의 세상이었을 것이다. 피아노, 소파, 식탁, 의자, 옷장, 책꽂이, 거울, 전등, 액자, 카펫, 컵, 접시, 책…… 일상의 모든 것들이 어떤 기대와 예감 속에 희게 빛났을 것이다. 하지만 스티커가 하나둘 붙기 시작하면서 방은 원래의 모습을 잃어가고 있는 중이다. 그런데 그런 모습이 나쁘지만은 않다. 오히려 색색의 점들로 인해 방은 축제의 공간으로 다시 태어나고 있는 것처럼 보인다. 하나의 방이 사라지는 대신 그 자리에 또다른 방이 생겨나고 있는 것이다.

나는 한 점 한 점 캔버스를 채워나가는 예술가처럼 색색의 스티커를 붙여나갔다. 지우고 싶은 곳에, 아니 새롭게 만들고 싶은 곳에. 언젠가 시간의 캔버스 위에도 일상의 둥근 점들이 빼곡하게 들어차는 날이 오겠지. 지나온 시간에 대해서는 저 수많은 점들에게 물어야겠다.

그들은 방 속으로 걸어 들어갔다

한 마리 누에처럼

기억에 오래 남아 있는 방들이 있다. '집'이라고 부르기에는 너무 작고 누추한 그 방들에는 어떤 절박한 외침으로 가득하다. 프란츠 카프카, 빈센트 반 고흐, 안네 프랑크……

카프카는 막내 여동생이 마련한 집을 얼마간 빌려 썼고, 고흐는 오베르의 여인숙에서 하숙을 했고, 안네는 아버지가 마련한 은신처에서 언니와 한방을 썼다. 그 누추하고 위태로운 방들은 집이 주는 안정감이나 풍요로움과는 거리가 멀다. 그들은 누에고치 속의 한 마리 누에처럼 외롭게 글을 쓰거나 그림을 그리는 일에 몰두했다.

세 사람은 국적도 시대도 다르지만 몇 가지 공통점이 있다. 비극적인 삶을 살다가 너무 일찍 세상을 떠났다는 것, 삶과 예술에 대한 진지한 열정을 지니고 있었다는 것, 신실한 조력자를 통해 사후에야 재조명되었다는 것 등이다. 고흐는 37세, 카프카는 41세, 안네는 16세에 생을 마감했다. 고흐에게는 분신과도 같은 동생 테오가 있었고, 카프카에게는 막역한 친구 막스 브로트가 있었으며, 안네에게는 자상한 아버지 오토 프랑크가 있었다. 이 조력자들이 없었다면 그 막다른 방에 남아 있던 세 사람의 흔적은 사라져버렸을지도 모른다.

고흐의 다락방

파리 교외의 작은 마을 오베르에는 고흐가 지상에서의 마지막 두 달을 머물다 간 여인숙이 있다. 『고흐의 다락방』이라는 책을 보면 고흐는 어릴 때 집을 나와 37년 동안 서른여덟 곳에 몸을 의탁했다고 한다. 제대로 된 집을 가져보지 못한 자에게 허락된 곳은 카페와 식당, 여인숙뿐이었다. 그 허름한 공간들과 거기서 만난 사람들을 고흐는 즐겨 그렸다.

라부 카페는 오베르의 노동자와 농민이 드나들던 소박한 곳이었다. 카페 앞에 놓인 탁자에는 누가 남기고 간 것인지 죽은 고흐를 기리기 위한 것인지 포도주 반병과 잔 두 개가 나란히 놓여 있었다. 고흐는 라부 카페에 딸린 다락방과 식사를 하루 3.5프랑에 해결할 수 있었다. 그는 테오에게 보낸 편지에서 "카페는 사람들이 자신을 파괴할 수 있고, 미칠 수도 있으며, 범죄를 저지를 수도 있는 공간"이라고 썼다. 실제로 고흐는 그곳에서 미쳐가는 정신과 싸우며 그림을 그렸고, 싸구려 포도주와 담배에 의지해 피로와 고독을 견뎠다. 당대의 인상과 화가들이 성공을 거두는 모습을 보며 오히려 "나는 성공이 끔찍스럽다"고 말했던 고흐는 편안한 생활을 포기하고 자신의 열정에 따라 살았다.

고흐의 다락방은 카페 3층에 있었다. 한 사람이 간신히 오를 수 있을 정도로 좁은 나무계단은 너무 낡아서 발을 디딜 때마다 삐걱거렸다. 세월의 때가 시커멓게 묻어 있는 벽과 복도에는 금이 쩍쩍 가 있었다. 관람 인원을 한 번에 대여섯 명으로 제한하는 것도 그래서일 것이다. 수도사나 은둔자의 거처보다도 남루한 방에는 밀짚의자 하나가 덩그러니, 그가 남기고 간 영혼처럼 놓여 있었다. 벽면에 전시된 편지에는 이렇게 적혀 있었다.

언젠가 나도 카페에서 전시회를 열 수 있는 날이 오겠지?

하지만 그런 희망을 지속시키기에는 그 다락방의 창문이 너무 작았다. 하늘로 난 쪽창을 통해 고흐는 멀리 교회의 첨탑과 공동묘지의 담장을 보았으리라. 들판에서 밀을 거두어들이는 농부들 속에서 인류의 죽음을 읽어냈고, 별이 빛나는 밤하늘 속에서 자신의 죽음을 예감했던 고흐. 그에게 죽음이란 밀이 뿌리내렸던 대지로, 또는 별이 빛나는 하늘로 되돌아가는 것을 의미했다.

결국 마지막 작품 〈까마귀가 나는 밀밭〉을 그린 뒤 발작을 일으킨 고흐는 권총 자살을 시도했다. 그는 죽음의 동행자로 밀밭 위에 까마귀를 그려넣은 것일까. 비틀거리며 방으로 돌아온 고흐는 소식을 듣고 달려온 테오의 손을 꼭 잡은 채 눈을 감았다. 테오 역시 형이 세상을 떠난 지 반년 만에 함께 묻혔다. 이제 두 사람은 푸른 아이비 담요를 나란히 덮은 채 잠들어 있다.

황금소로 22번지

카프카는 안정적으로 글을 쓸 수 있는 자기만의 공간을 제대로 갖지 못했다. 그래서 프라하 도심에는 그가 글을 썼던 장소들이 여기저기 흩어져 있다. 그중 가장 널리 알려진 곳이 황금소로 22번지다.

카를 교 건너 높은 언덕에 자리잡은 프라하 성은 웅장하고 아름다웠다. 프라하 성을 따라 내려오다가 왼쪽으로 샛길이 있는데, 그 길을 따라가면 성벽 그늘 아래 숨은 듯한 좁은 골목이 나온다. 이곳은 16세기에 성을 짓는 동안 노동자들의 숙소로 쓰이다가 나중에는 연금술사들이 모여 살게 되면서 '황금소로'라는 이름이 붙여졌다고 한다. 지붕이 유난히 낮은 집들이 다닥다닥 붙어 있고 햇빛이 거의 들지 않는 이 골목으로 카프카는 매일 글을 쓰러 다녔다. 오빠를 위해 막내 여동생 오트라가 마련해준 작업실이었다.

황금소로 22번지는 특히 규모가 작아서 방 하나가 전부였다. 그는 낮에는 보험회사에서 일하고, 퇴근 뒤에는 여기 와서 밤늦게까지 글을 썼다. 가부장적인 아버지로부터 독립하기를 간절히 원했지만, 카프카는 끝내 자기만의 집을 갖지 못했다. 몇 번의 연애와 약혼 역시 번번이 파경에 이르고 말았다.

결혼에 대한 두려움 못지않게 카프카를 괴롭혔던 것은 유난히 자기검열이 강한 성격이었다. 그는 폐병으로 숨을 거두기 전, 가까운 친구 막스 브로트에게 자신의 원고를 모두 불태워 달라는 유언을 남겼다. 그 유언을 지키지 않은 친구 덕분에 카프카라는 내성적인 영혼은 세상에 알려지게 되었다.

황금소로에는 카프카의 집 외에도 대장장이나 연금술사 등의 집이 재현되어 있었다. 서로 다른 일처럼 보이지만, 상징적인 의미에서는 작가나 대장장이나 연금술사가 그리 다르지 않다는 생각이 든다. 어떤 물질이나 경험을 정련해 순도 높은 창조물을 만든다는 점에서 그렇다.

카프카가 밤늦게 소설을 쓸 때, 석회벽에는 오직 그의 그림자만이 어룽거렸을 것이다. 고독하기 이를 데 없는, 그러나 경이로 가득찬 방. 그 막다른 방은 삶을 초과한 어떤 삶에 대해 말해주고 있었다. 절멸絶滅의 두려움과 고독이 피워낸 꽃에 대해, 또는 황금에 대해.

안네의 집은 암스테르담 프린센그라흐트 운하 변에 있었다. 1942년 7월 9일부터 1944년 8월 3일까지 이 년 남짓 안네의 가족은 아버지 사무실 뒤편에 마련된 은신처에서 다른 유대인 가정과 함께 숨어 지냈다. 낡은 지도 아래 책장은 은신처로 연결되는 비밀 통로였다. 유대인이라는 이유만으로 그들은 세상에 없는 존재, 없어져야 할 존재로서 숨죽이며 살아야 했다. 책장 너머 어두운 방 몇 개가 그들에게 허락된 세계였다.

안네는 생일선물로 받은 체크무늬 일기장에 '키티'라는 이름을 붙이고 자신의 마음을 모두 털어놓았다. "종이는 인간보다 더 잘 참고 견딘다." 열세 살의 소녀라고 믿기 어려울 정도로 조숙했던 안네는 자신의 내면뿐 아니라 나치의 만행에 대해서도 들은 대로 적어내려갔다. 만일 일기장마저 없었다면 안네는 그 외롭고 불안한 시절을 견디기 어려웠을 것이다.

벽지에 붙어 있는 영화배우 사진과 그림엽서들을 보니 그래도 소녀다운 천진성이 느껴진다. 안네는 언니 마르고트와 한방을 썼고, 나중에는 나이 많은 치과의사와 방을 공유해야 했다. 일기에는 엄마나 언니에 대한 서운함을 토로하는 대목이 자주 나오고, 치과의사 역시 부당한 권리를 주장하는 어른으로 그려지고 있다. 이렇게 안네는 은신처에서 가족이나 이웃과 말다툼을 벌이고 화해를 하고 첫사랑의 감정을 느끼며 성숙해갔다.

2차 세계대전 때 나치의 점령을 겪은 유대인 어린이들의 그림을 전시한 적이 있는데, 공습과 수색을 피해 숨어 지냈던 아이들이 그린 집들은 비좁고 싸늘했으며 문을 굳게 닫아건 모습이었다고 한다. 움직임을 잃어버린 것은 집만이 아니었다. 심지어 창문의 커튼도, 굴뚝에서 나오는 연기도 뻣뻣하게 그렸다고 한다. 집과 방은 "한 영혼의 상태"를 보여준다는 바슐라르의 말처럼.

안네의 집 창문들은 모두 당시처럼 검은 종이로 가려져 있었다. 그 위에는 안네가 간절히 해보고 싶었던 일들이 적혀 있다.

자전거를 타고, 춤을 추고, 휘파람을 불고, 세상을 보고, 청춘을 맛보고, 자유를 만끽하고 싶다.

그러나 한창 뛰어놀고 꿈꿀 나이에 안네는 그 소박한 소망을 표현할 수도 실행할 수도 없었다. 문을 나서면서 보니, 문설주 옆에 안네 자매의 키를 날짜와 함께 표시해둔 눈금들이 남아 있다. 그 희미한 눈금들은 그들이 버틴 날들에 대한 기록이자 희망의 바로미터였으리라. 창밖의 밤나무가 자라는 동안 어두운 방 안에서도 아이들은 자랐을 것이다. 한 발 한 발 다가오는 죽음을 향해.

존재의 막다른 방들

모리스 블랑쇼는 『죽음의 선고』에서 진정한 존재의 방이란 외부가 아니라 내부에 있는 것이라고 말했다.

더할 수 없이 깊은 밤 속에 빠져 그 방에 대해서 나는 모든 것을 알 수 있었다. 나는 그 방 속으로 깊이 들어갔었다. 나는 그 방을 내 내부에 지니고 있었다. 나는 그 방으로 하여금, 삶이 아닌 삶, 그러나 삶보다 더 강한 삶, 이 세계의 어떤 힘도 쳐부술 수 없을 삶, 그런 삶으로써 살게 했다.

고흐. 카프카. 안네. 이 세 사람이 머물렀던 방들도 그러했다. 만일 고흐의 그림과 카프카의 소설과 안네의 일기가 없었다면, 그 방들은 단지 쇠락한 공간에 불과했을 것이다. 더이상 어디로 나아갈 수도 없고 도망칠 수도 없는 영혼의 마지막 자리. 그들은 막다른 방에서 사라진 것이 아니라 그 방 속으로 깊이 걸어들어간 것이다.

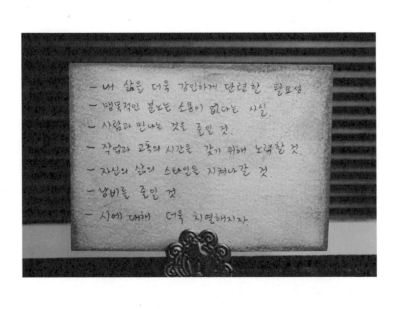

다시,
책상
앞에서

아이오와국제창작프로그램IWP에 참여하면서 석 달 남짓 미국
에 체류한 적이 있다. 세계 각지에서 온 작가들과 교류하고, 모
처럼 생업을 떠나 글쓰기에 전념할 수 있는 기회였다. 나는 학
창 시절로 돌아간 것처럼 대학 캠퍼스와 도서관을 행복하게 누
비고 다녔다. 숙소로 돌아와서도 밤늦게까지 책을 읽고 글을
썼다. 내 책상 위 메모꽂이에는 미국 시인 에이드리엔 리치의
일기 한 대목이 적혀 있었다.

- 내 삶을 더욱 강인하게 단련할 필요성
- 맹목적인 분노는 소용이 없다는 사실
- 사람과 만나는 것을 줄일 것
- 작업과 고독의 시간을 갖기 위해 노력할 것

- 자신의 삶의 스타일을 지켜나갈 것
- 낭비를 줄일 것
- 시에 대해 더욱 치열해지자

아버지의 반대를 무릅쓰고 유대인 남편과 결혼한 에이드리엔 리치는 세 아이를 키우는 동안 시간을 쪼개고 쪼개서 시를 써야 했다. 대부분의 여성 작가들이 그렇듯이 그녀는 다리미가 달궈지는 동안에도 책을 읽었다고 한다. 창작에 대한 열망과 가정에 대한 의무감 사이에서 갈등을 겪으면서도 자신의 생활과 내면을 다잡으려는 치열한 노력이 이 메모에서도 느껴진다.

새해를 맞으며 이 구절을 다시 적어서 책상 위에 붙여두었다. 소모적인 일과 약속을 최대한 줄이고 작업과 고독의 시간을 많이 가져야지, 마음의 신발끈을 단단히 매어본다. 작심삼일이라고 하지만, 다시, 다시, 또다시, 나태해진 영혼을 일으켜줄 어떤 말이 우리에게는 늘 필요하다.

나쁜 뉴스는 없습니다

무라카미 하루키의 짧은 이야기 모음인 『밤의 거미원숭이』 중에 「굿 뉴스」라는 이야기가 있다. 어느 날 뉴스 앵커는 "나쁜 뉴스는 없습니다"로 멘트를 시작한다. 그리고 나서 멕시코의 대형 유조선이 갑작스럽게 폭발했다는 소식을 전한다. 그런데 그 대형사고가 좋은 뉴스인 이유는 120명의 승무원 중 35명이 기적적으로 구출되었기 때문이다. 그러면서 앵커는 "죽는 사람이 있으면 사는 사람도 있다"는 천연덕스러운 말로 끝을 맺는다. 이처럼 같은 사건도 누구의 입장에서 보느냐에 따라 좋은 뉴스가 될 수도 있고 나쁜 뉴스가 될 수도 있다. 죽은 사람 입장에서 보면 나쁜 뉴스임이 분명하지만, 살아남은 사람 입장에서 보면 천만다행인 뉴스다.

하루키의 이 이야기는 특유의 아이러니와 해학을 통해 좋은 뉴스만을 바라는 세태를 풍자하면서 삶의 양면성을 명쾌하게 드러내고 있다. 모든 사람에게 좋은 뉴스도, 모든 사람에게 나쁜 뉴스도 없다. 세상은 고통스럽고 어지러운데, 좋은 뉴스만 전한다는 것은 눈 가리고 아웅하는 격이 아닌가. 어찌 보면 좋은 뉴스에 대한 지나친 집착이 개인의 삶이나 사회를 더 불행하게 만드는지도 모른다.

언젠가 나쁜 뉴스의 역기능을 없애기 위해 좋은 뉴스만 보도하자는 운동이 일어난 적이 있다. 범죄에 대한 보도가 또다른 모방범죄를 만들어낸다는 주장이나, 나쁜 뉴스가 아이들의 인성에 부정적인 영향을 미친다는 연구결과 등이 그 운동을 뒷받침해주었다. 아름다운 뉴스만을 전하는 매체가 있다니, 그런 신문이나 잡지가 있다면 불티나게 팔리지 않을까 기대해볼 수도 있었다.

그런데 얼마 지나지 않아 사람들은 좋은 뉴스만 보도하는 일이 불가능하다는 사실을 확인하게 되었다. 나쁜 뉴스의 필요성 또한 깨닫게 되었다. 나쁜 뉴스는 사람들로 하여금 불행에 대비하게 만들어주고 사회에 대해 비판적으로 성찰하게 한다. 그래서 마셜 매클루언은 "진정한 뉴스는 나쁜 소식"이라고 했던 모양이다. 그는 신문이 고유의 기능을 가장 잘 발휘하는 것은 사회의 어두운 면을 적나라하게 파헤칠 때라고 말하기도 했다.

매클루언의 분석이 한층 흥미로운 것은 신문이나 방송이 나쁜 뉴스를 내보내는 것이 광고와의 대비 효과를 위해서라고 말하는 대목에서다. "광고는 뉴스다. 여기서 문제가 되는 것은 광고가 언제나 '좋은' 뉴스라는 점이다. 균형을 맞춰 효과를 내고 좋은 뉴스를 팔기 위해서는, 많은 나쁜 뉴스들이 필요하다." 행복한 이미지와 메시지를 노래하는 광고의 효과적인 배경으로서 나쁜 뉴스가 필요하다는 것이다. 신문이나 방송이 광고주에 의해 운영되는 상업적 매체라는 점을 지적한 날카로운 통찰이다.

이런 관점에서 보면 수시로 접하게 되는 뉴스들에 일희일비하지 않고 어느 정도 객관적 거리를 가질 수 있지 않을까. 그리고 좋은 뉴스와 나쁜 뉴스는 칼의 양날과도 같은 것이라는 사실을 받아들일 수 있지 않을까. 그때 비로소 우리는 세상의 척도가 저 나날이 쏟아져나오는 신문이나 방송의 활자 포인트에 있지 않음을, 삶의 진실은 정작 기사화되지 않은 행간에 감추어져 있음을, 저 무수한 사건과 사고 속에서도 세상은 여전히 살 만한 곳임을 긍정할 수 있게 되지 않을까.

좋은 뉴스만 있기를 바라는 마음은 누구나 마찬가지일 것이다. 하지만 좋은 뉴스만 있는 날은 단 하루도 없다. 아침에 신문을 펼쳐들면 사고와 재해, 범죄와 비리 등 우울한 소식들이 지면을 가득 채우고 있다. 경제는 더욱 어려워질 것이라고 하고, 세상은 갈수록 어수선해져만 간다. 이따금 신문 구석에 미담이 소개되기도 하지만, 그 희미한 불빛으로 세상의 어둠을 밝히기에는 어림도 없다.

세상에 좋은 뉴스보다 나쁜 뉴스가 더 많은 이유를 말해주는 이솝우화가 있다. 옛날에 행복과 불행이 함께 살았는데, 행복보다 힘이 센 불행은 행복을 보기만 하면 못살게 굴었다. 행복은 이리저리 피해다니다가 더이상 피할 곳이 없어서 하늘로 날아올라갔다고 한다. 그후로 이 지상에서는 행복을 좀처럼 볼 수 없게 되고 불행은 넘쳐나게 되었다는 이야기다. 그런데 제우스는 행복에게 이렇게 말했다. "세상 사람들은 행복을 좋아하고 기다리고 있으니, 너희가 여기서만 살 수는 없지 않느냐. 그러니 여기서 갈 곳을 잘 보아두었다가 하나씩 하나씩 내려가도록 해라. 행복을 얻을 자격이 있는 사람에게로."

저
손
에
평
화
를
!

세상에 참 평화 없어라. 요즘처럼 이 말이 실감나는 때도 드물 것이다. 파리 테러 이후, 수니파 이슬람 극단주의 무장단체인 IS의 테러가 언제 어디서 일어날지 모르는 상황이다. 잔혹한 처형 장면을 찍은 동영상을 올리며 세계를 공포 분위기로 몰아넣는 복면 뒤의 얼굴들. 이에 프랑스, 영국, 독일, 미국 등이 이슬람 국가에 대한 공습에 나서면서 테러와의 전쟁을 선포했다. 양쪽 모두 정의나 평화를 명분으로 내세우지만, 결국 희생되는 것은 평범하고 무고한 사람들이다.

오늘 아침에는 터키 이스탄불에서 폭탄테러가 일어났다는 기사를 읽었다. 나는 몇 해 전 이스탄불 전통시장에서 보았던 한 노인의 손을 떠올렸다. 노인은 시장 구석의 작은 가게에 앉아 졸고 있었다. 이집션 바자르는 그랜드 바자르보다 관광객이 적은 편이고, 손님이 뜸한 시간이기도 했다. 색색의 곡물과 향신료 자루들을 찍다가 내 카메라는 염주를 들고 있는 노인의 손에 한참 머물렀다. 거칠고 주름진 손에 들린 염주. 그 대비 때문인지 염주알은 더 붉고 선명하게 반짝였다. 그는 까무룩 졸면서도 계속 무어라 중얼거리며 염주를 돌렸다.

나중에 안 사실이지만, 이슬람의 염주는 서른세 알로 되어 있고 그 염주알을 손으로 헤아리며 되풀이해서 외는 문장은 "알라 아르라흐만 와 아르라힘(신은 인자하며 자비하다)"이라고 한다. 졸면서도 기도문을 외는 노인의 모습을 보며, 나는 종교는 다르지만 그의 신앙심에 탄복했다. 그런데 IS의 무장 테러범들이 외치는 말도 "신은 위대하다!"가 아닌가. 도대체 누가 염주나 묵주를 들었던 손에 총칼을 들게 한 것일까.

언젠가 '평화'에 대한 정의를 내려보라는 설문에 나는 "총구에 꽂힌 한 송이 꽃"이라고 대답한 적이 있다. 단순히 전쟁이나 폭력이 없는 상태를 넘어 어떤 생명의 가치나 대안이 깃들어 있는 말, 평화平和. 이 말의 한자를 풀면, 누구나 공평하게平 밥禾을 먹을口 수 있도록 함께 나눈다는 뜻이다. 부디 새해에는 한 송이 꽃, 한 그릇 밥의 평화가 저 손에 임하기를!

흰건반과 검은건반

런던 패럴림픽 기간에 '뷰티풀 콘서트, 뷰티풀 마인드Beautiful Concert, Beautiful Mind'라는 자선공연이 있었다. 이 공연을 위해 뇌성마비 피아니스트 김경민씨를 비롯해 지체장애 비올리스트 신종호씨와 시각장애 클라리네티스트 이상재씨 등 뷰티풀마인드 팀이 런던에 왔다. 장애를 지닌 선수들이 신체의 한계를 극복하고 경기에 임하는 동안 음악인들 역시 감동의 무대를 선보였다.

피아니스트 김경민씨는 연주에 앞서 이렇게 말했다. "보시다시피 저는 심한 장애를 지닌 채 태어났습니다. 어린 시절 저는 제대로 앉지도 서지도 못했고, 손발은 온통 뒤틀려 있었지요. 하지만 저는 희망을 버리지 않고 신께 기도했습니다. 만일 오그라든 제 손가락을 펴주신다면, 주님을 위해, 다른 사람들을 위해 살겠다고요. 그러고는 하루에 열 시간 이상 건반 앞에 앉아 있었습니다. 그런데 피아노를 배운 지 삼 년 만에 손가락이 조금씩 풀리기 시작했습니다." 말을 이어가는 동안에도 그의 얼굴과 몸은 자주 뒤틀리곤 했지만, 표정만은 더없이 온화하고 밝아 보였다.

그의 연주가 시작된 지 얼마 지나지 않아 나는 울음을 터뜨리고 말았다. 피아니스트의 뛰어난 기교에 감탄한 적은 많았지만, 이렇게 내내 울면서 연주를 듣기는 처음이었다. 달아나려는 손가락을 붙들고 절망의 벽에 부딪혔을 수많은 순간들이 한 음 한 음 아프게 박혀 있는 것 같았다. 장애라는 새장을 뚫고 나와 마침내 건반 위에서 자유를 얻은 한 마리 새. 그에게 피아노는 삶을 여는 열쇠이자 세상을 품는 커다란 그릇이 되어주었다.

연주를 들으며 나는 피아노가 흰건반과 검은건반으로 이루어졌다는 사실을 새삼스럽게 떠올렸다. 흰건반 52개, 검은건반 36개, 총 88개의 건반으로 이루어진 피아노를 연주하듯이, 우리의 삶은 절망과 희망이라는 건반을 교대로 짚어나가는 일과도 같다. 만일 흰건반만 있었다면, 또는 검은건반만 있었다면, 저 아름다운 생의 음악은 불가능했을 것이다. 흰건반과 검은건반이 나란히 있기에 우리는 마음의 #과 ♭이 만들어내는 섬세한 선율을 들을 수 있다.

활화산에게
시를 읽어주다

국제시페스티벌에 참가하러 코스타리카에 갔을 때였다. 시인
들과 가수들을 태운 버스가 포아스 화산 입구에 멈추었다. 산
길을 걸어올라가 화산이 잘 보이는 공터에 둘러앉은 우리는 시
를 낭송하고 노래를 불렀다. 이 높고 외진 산중에 청중이 있을
리 만무했다. 그날의 청중은 사람이 아니라 세계에서 가장 큰
분화구를 지닌 포아스 화산이었다. 산에 깃들어 사는 새와 짐
승, 꽃과 나무도 함께 들었다. 시를 읽는 목소리 사이로 바람
소리와 물소리가 흘러들었고, 다람쥐들이 지나가다가 귀를 쫑
긋거렸다.

시 낭독회를 마치고 우리는 분화구 쪽으로 더 올라갔다. 해
발 2,700미터에 자리잡고 있는 포아스 화산은 맑은 날에도 구
름과 안개가 자욱해서 운이 아주 좋아야 분화구를 볼 수 있다

고 한다. 그런데 세계 각지의 언어로 울려퍼지는 시에 감응하기라도 하듯 그날따라 분화구가 모습을 온전히 드러내었다. 분화구 중심에 있는 칼데라 호수는 에메랄드빛으로 빛났고, 호수에서 피어오르는 흰 유황가스가 신령스러운 느낌을 더해주었다.

전망대 근처에 토란잎 비슷하게 생긴 식물들이 많았다. 이름을 물으니 '가난한 사람들의 우산'이라고 했다. 학명은 아니고 코스타리카 시인이 임의로 붙였거나 사람들이 즐겨 부르는 이름인 듯했다. 산을 내려오다가 갑자기 소나기를 만났는데, 그 크고 둥근 잎사귀를 하나씩 꺾어서 머리 위에 쓰니 정말 우산으로 안성맞춤이었다.

여러 낭독회에 참여해보았지만, 이렇게 야외에서 자연을 향해 시를 읽기는 처음이었다. 활화산에게 시를 읽어주는 나라라니! 코스타리카의 역사를 좀더 알고 나니 그런 발상이 어떻게 가능한지 이해가 되었다. 코스타리카는 1949년 내전을 겪은 뒤에 군대를 폐지하고 주변국들과 평화협정을 맺은 이래 비무장 중립국을 유지해왔다. 그리고 국방비로 쓸 돈을 교육과 복지에 투자해 중남미에서 문맹률이 가장 낮은 국가가 되었다.

"트랙터는 전차보다 쓸모 있다." "병영을 박물관으로 바꾸자." "소총을 버리고 책을 갖자." 이런 모토로 국민적 합의를 이끌어낸 아리아스 대통령은 노벨평화상을 받았다. 군대와 공장 없이도 풍부한 자연과 문화를 누리며 평화롭게 사는 나라. 그곳은 내게 낙원에 가장 가까운 나라로 남아 있다.

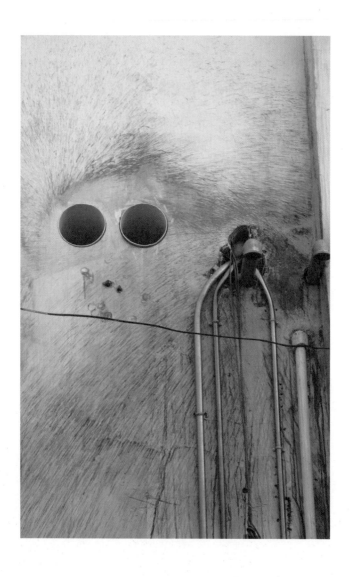

벽은 말한다

이따금 벽이 중얼거리는 소리를 듣는다. 실제로 소리가 나지 않더라도 집은 벽을 통해 무언가 말하고 있다. 거리를 걷다가 어떤 집의 독특함이나 아름다움에 끌려 걸음을 멈추었다면, 당신은 이미 그 집의 말에 귀기울이고 있는 것이다. 벽에 난 두 개의 창은 집의 두 눈처럼 보이고, 현관문은 집의 입처럼 보인다. 이렇게 문과 창문을 통해 다양한 표정을 보여주는 벽은 집의 얼굴인 셈이다.

그런데 집의 진면목은 잘 정리된 앞모습보다 뒷모습에서 더적나라하게 드러난다. 수도관, 환풍구, 보일러관, 가스관, 전깃줄 등 집을 유지하기 위해 필요한 온갖 시설물들이 뒤엉켜 있는 뒷벽과, 평소에 잘 쓰지 않는 잡동사니들이 들어차 있는 뒤란, 그런 부분까지 세세하게 손을 보는 집주인은 많지 않다. 그

래서 비바람이 들이친 자국과 낙서와 방뇨의 흔적이 거기엔 고
스란히 남아 있다.

북경의 오래된 골목에서 한 벽을 발견하고, 나는 깜짝 놀랐
다. 벽 속에서 누군가 나를 지켜보고 있는 것 같았다. 두 눈을
부릅뜬 커다란 원숭이 한 마리. 물론 수도관에서 쏟아진 흙탕
물이 바람에 휩쓸리며 남긴 형상을 무엇으로 보느냐는 사람마
다 다를 것이다.

벽 속에 원숭이 한 마리가 살고 있다고 생각하니 즐거운 상
상이 이어졌다. 마치 런던 킹스크로스 역 9와 3/4 플랫폼에서
벽을 통과해 호그와트행 기차를 탔던 해리포터라도 된 것처
럼. 또는 마르셀 에메의 소설 『벽으로 드나드는 남자』의 주인
공 뒤티유월이 밤마다 벽을 드나들며 상사에게 복수를 하고,
은행과 부잣집들을 털고, 사랑하는 여인을 만나러 갔던 것처럼.

그리고 보니 벽을 뚫고 들어가고 싶은 것은 꽤 보편적인 욕
망인 듯하다. 호기심을 불러일으키는 벽을 만날 때마다 한 번
도 들어가보지 않은 그 집의 내부를 상상의 열쇠로 열고 들어
간다. 우연히 벽에 남겨진 시간의 흔적, 벽이 들려주는 이야기
는 끝없이 펼쳐진다.

내
려
놓
아
라

시인들 몇이 종림 스님과 짧은 여행을 한 적이 있다. 함께 다니는 동안 스님은 조용하면서도 소탈한 성품으로 우리를 편안히 대해주셨다. 사실 나는 여행을 다닐 만큼 여유로운 상태가 아니었다. 삶의 뿌리마저 뒤흔드는 일들이 연이어 밀어닥쳤고, 미래에 대한 두려움으로 하루하루를 보내는 일이 힘겨운 상황이었다. 그런 나를 잠시나마 쉬게 해주려는 친구들의 배려에 어쩔 수 없이 따라나선 여행이었다. 나는 애써 웃으며 여행의 분위기를 깨지 않으려고 노력했다.

하지만 얼굴에 드리운 그늘까지 숨길 수는 없었던 것일까. 서해 바닷가 어느 식당에서 저녁을 먹고 난 후였다. 일행들이 바다 구경을 나가거나 담배를 피우러 간 사이에 혼자 남은 나에게 스님은 조용히 말씀하셨다. 그냥 다 내려놓으라고. 감당할 수 없는 것까지 감당하려 하지 말라고. 내려놓고 고요히 기다리면 언젠가는 지나간다고. 내 마음에서 일어나는 생각을 남의 집 불을 들여다보듯 할 수 있으면 된다고…….

내 사정을 일일이 말씀드리지 않았는데도 스님의 눈에는 내 등에 지고 있던 마음의 짐이 훤히 보였던 모양이다. 우리의 대화는 무슨 선문답처럼 얼마간 이어졌다. 그 사이에 상처 입은 짐승처럼 쫓기던 마음은 한결 고요하고 평화로워졌다. 이후로도 사는 일이 버겁게 느껴지거나 번민에 사로잡힐 때마다 그 말씀을 떠올리며 힘을 얻곤 했다.

내려놓아라. 방하착放下着. 널리 알려진 이 불교용어가 나에게 구체적으로 찾아와 힘을 발휘한 것은 삶이 가장 무겁게 느껴질 때였다. 하지만 조주趙州 선사가 엄양嚴陽에게 이 말을 했을 때, 그것은 단순한 위로가 아니라 삼엄한 가르침이었다. 다음은 조주 선사와 엄양이 주고받은 대화의 한 대목이다.

"한 물건도 가져오지 않았는데 어떻게 해야 합니까?"
"내려놓아라."
"이미 한 물건도 갖고 있지 않은데 무엇을 내려놓으란 말입니까?"
"내려놓기 싫으면 짊어지고 가거라."

조주 선사가 내려놓으라고 한 것은 엄양의 인간적 고통이나 집착이 아니었다. 한 물건도 갖지 않았다는, 다 비웠다는 생각 자체를 내려놓으라는 뜻이었다. 이 정도면 다 내려놓았다는 자만심이야말로 수행자가 빠지기 쉬운 착각임을 조주 선사는 경고한 게 아닐까. 그런 의미에서 '방하착'은 오히려 고통의 시절을 거의 통과한 지금에야말로 내게 필요한 충고인지도 모른다. 따뜻한 위로처럼 들렸던 그 말이, 이제 집착이나 두려움에서 어지간히 벗어났다고 생각하는 순간 죽비처럼 어깨를 아프게 내리친다.

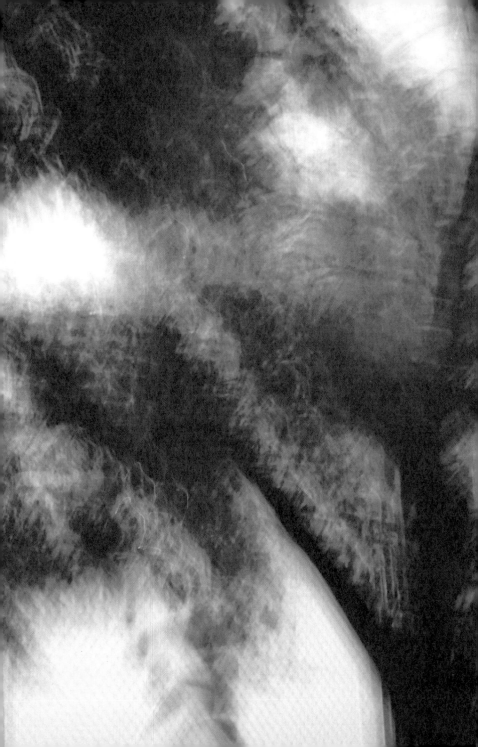

회산에 회산에
다시 온다면

회산 백련지에 처음 간 것은 어느 해 8월이었다. 기대했던 꽃은 아직 피지 않았지만, 진초록의 둥근 연잎들이 10만 평 넘는 연못에 가득차 있는 모습만으로도 장관이었다. 마치 싱싱한 우주의 자궁이나 허파 속에 들어와 있는 것 같았다.

바람이 불자 연잎들이 일제히 움직이기 시작했다. 그 연잎들이 내게는 하늘을 향해 흔드는 무수한 손바닥들이나 푸른 깃발들처럼 보였다. 아주 오래전에 헤어진 사람이 다시 돌아오기라도 한 것처럼 그 공간이 나를 받아주고 있다는 느낌을 가진 것은 그래서였을까. 나는 손을 뻗어 연잎을 누구의 손이라도 되는 양 만져보았다.

한 달이 채 안 되어 나는 백련지를 다시 찾았다. 물론 이번에는 흰 연꽃이 피어난 모습을 볼 수 있었다. 아직 꽃봉오리를 머금고 있는 것도 있고, 벌써 꽃이 지고 연밥이 맺히기 시작한 것도 있었다. 연못 둘레에는 다양한 수중식물들이 자라고 있었는데, 쪼그리고 앉아 그 오종종한 잎과 꽃들을 들여다보느라 시간 가는 줄 몰랐다. 진흙 속에 뿌리를 내리고 그토록 환한 꽃을 피워낼 수 있다니!

늦가을에 다시 그곳을 찾았을 때, 나는 차라리 오지 말걸 하는 생각을 했다. 꽃은 물론이고 잎과 줄기들이 누렇게 말라가며 연못 속에 처박혀 있었다. 썩어가는 줄기들을 수많은 창槍처럼 가슴에 꽂고 연꽃은 가라앉고 있는 폐선처럼 보였다. 싱싱한 잎과 향기로운 꽃으로 나를 맞아주던 그는 어디로 간 것일까. 말 건네려 해도, 손 잡으려 해도 멀리 사라져가는 누군가의 등을 본 것 같았다. 그러나 그 뒷모습이야말로 연못의 가장 내밀한 표정인지도 모르겠다. 마치 누군가의 고통이나 치부를 알게 되었을 때 그를 더 깊이 이해하게 되는 것처럼.

몇 해가 지난 겨울날, 나는 회산 백련지를 다시 찾아갔다. 연못 근처에서 길을 잘못 든 줄 알고 잠시 헤매야 했다. 연못의 물을 다 빼낸 마른 바닥에는 사람들 몇이 걸어다니고 있었다. 작업복을 입고 긴 장화를 신은 채 진흙 속에 묻힌 연근을 캐고 있는 사람들. 그들은 연못 바닥에 흩어진 마른 줄기와 잔해들을 끌어모아 거기에 불을 붙였다.

그렇게 연근을 수확하고 연못 바닥을 청소하는 광경이 내게는 어떤 은밀하고 신성한 제의祭儀처럼 느껴졌다. 곳곳에서 피워 올린 연기가 연못 일대를 자욱하게 만들었다. 그래서인지

저벅저벅 연못 바닥을 걸어다니는 사람들의 발소리가 마치 내 몸속에서 들려오는 것 같았다. 사람의 몸이나 마음 속에도 저런 연못 같은 게 하나씩 자리잡고 있지 않을까. 밖으로는 연잎처럼 싱싱해 보이고 연꽃처럼 환하게 웃고 있는 것 같지만, 안으로는 시들어가고 썩어가는 기억을 붙안고 싸워야 하는 마른 바닥이 있지 않을까.

일찍이 황지우 시인은 「물 빠진 연못」이라는 시에서 그 황폐한 바닥을 이렇게 노래했다.

다섯 그루의 노송과 스물여덟 그루의 자미나무가
나의 연못을 떠나버렸네

한때는 하늘을 종횡무진 갈고 다니며
구름 뜯어먹던 물고기들의
사라진 水面;
물 빠진 연못, 내 비참한 바닥,
금이 쩍쩍 난 진흙 우에
소주병 놓여 있네

시인은 한때 광주 근교에 있는, 노송老松과 자미紫薇나무로 둘러싸인 명옥헌 앞에 살면서 그곳을 '화엄 연못'이라 불렀다. "도취하지 않고 이 생生을 견딜 수 있으랴"고 말하는 시인은 "그 따갑게 환한 그곳"에서 적지 않은 위안과 영감을 얻었던 듯하다. 그러나 연못의 물이 빠지면서 '수면水面'도 사라지고, 수면에 비치던 다섯 그루의 노송과 스물여덟 그루의 자미나무도 사라져버린 어느 날, 시인은 "물 빠진 연못, 내 비참한 바다"을 목격하고야 만다. 연못에는 물이 있어야만 그 속에 생명체가 자랄 수 있고 수면 위에 아름다운 그림자가 드리울 수 있다. 그러나 한편으로는 물과 함께 수면 위의 그림자가 사라지는 순간이야말로 연못이 스스로 본질을 드러내는 때일 수도 있다. 그것은 고통스러운 경험이지만 자기정화와 생명의 순환을 위해서는 반드시 필요한 과정이다.

회산 백련지가 계절에 따라 여러 가지 얼굴을 보여주면서 내게 풍부한 상징의 공간으로 자리잡게 된 것은 그 시간성 때문이었다. 내가 지켜본 것은 불과 몇 년 동안의 변화이지만, 그 시간은 '영원'이라고 부를 만한 어떤 시간들과 이어지면서 아주 멀리 있는 존재들과 나를 이어주었다.

팔십여 년 전 한 촌부가 백련 열두 그루를 구해다 심은 것이 이제는 동양에서 가장 큰 백련지가 된 회산 백련지. '회산回山'이라는 지명에서 '회回'라는 글자는 '돌다, 돌아오다, 돌리다, 돌아가게 하다' 등의 뜻을 담고 있다. 부재한 존재들을 돌아오게 하고, 끊어진 인연을 이어주고, 막힌 흐름을 열게 해주는 기원 같은 것. 한 개의 연자가 진흙 속에서 싹을 틔우고, 잎을 내고, 흰 꽃을 피우고, 연밥을 맺고, 그리고 진흙 속으로 겸허하게 돌아가는 것. 우리가 물 빠진 연못 속에서 꾸는 꿈도 그와 같지 않을까.

탐지자의 고독

어느 여름밤, 바닷가를 산책하다가 멀리서 움직이는 불빛을 발견했다. 백사장 저편 불빛의 정체가 궁금해서 그곳으로 걸어갔다. 가까이 갈수록 불빛이 너무 눈부셔 빛 뒤편에 있는 존재가 잘 보이지 않았다. 자세히 보니, 이마에 전등을 달고 한 사람이 백사장에서 무언가 캐고 있었다. 젖은 모래 위에는 그가 들고 움직이는 기계의 궤적이 여기저기 남겨져 있었다. 어둠 속에서 작은 전구가 비추는 둥근 공간, 그것은 마치 작은 소혹성의 방처럼 보였다.

그는 백사장 위에서 자신이 하고 있는 노동을 '탐지'라고 불렀다. 나는 한밤중에 땀을 흘리며 열심히 움직이고 있는 그 사람에게 궁금한 것들을 물어보았다. 그는 비교적 안정적인 직장의 샐러리맨이었다고 한다. 그런데 언제부턴가 매일 똑같은 시간에 일어나 출근하는 노릇이 싫어졌다. 결국 회사에 사표를 낸 그는 금속탐지기를 한 대 사서 몇 년째 탐지를 생업으로 삼아왔다고 한다. 이 일의 좋은 점은 자신이 일하러 나가고 싶을 때만 나가도 된다는 것, 그리고 물때에 따라 바닷가를 두루 돌아다니는 재미가 있다는 것이란다.

오늘은 모래사장에서 무얼 좀 건졌느냐고 묻자, 그는 씨익 웃으며 동전이 수십 개 들어 있는 플라스틱 통을 내밀었다. 이 넓은 바닷가를 뒤져 그렇게 동전을 모아봐야 하루에 얼마나 되겠느냐고 다시 물었다. 그랬더니 오늘은 운이 좋아서 80만 원 넘게 벌었다며 금목걸이와 반지를 보여주었다. 피서객들이 바다에서 잃어버린 귀금속이 생각보다 많이 모래 속에 묻혀 있는 모양이다. 사람들이 백사장에 남기고 간 기억을 낚는 어부. 이 일도 낚시와 비슷해서 어떤 날은 동전 몇 개만 건질 뿐 공치는 날이 적지 않단다.

그럼에도 불구하고 그가 탐지를 계속하는 이유는 밤바다에 혼자 서 있을 때 느끼는 고독의 맛 때문이라고 한다. 밤새 탐지를 하면서 그는 자기 내부의 심연 또한 자주 들여다보았을 것이다. 대화를 마치고 돌아서는데, 갑자기 금속탐지기가 삐이, 하고 울렸다. 그는 숙련된 솜씨로 젖은 모래를 파내려가기 시작했다. 소혹성 B612에서 하루에도 몇 번씩 의자를 당겨 석양을 바라보았던 어린왕자처럼 머리에 작업등을 매달고 땅을 파내려가는 그의 고독한 왕국이 어둠 속에서 빛났다.

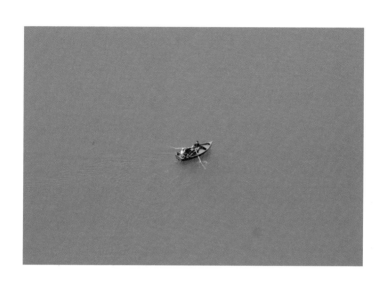

한 접시의 가을이 익어간다

가을 산책길에는 어느새 열매들이 익어가고 있다. 폭우와 태풍 속에서도 튼실한 열매를 맺었으니 고마운 일이다. 릴케의 시 「가을날」이 저절로 입에서 흘러나온다.

주여, 때가 왔습니다. 지난여름은 참으로 위대했습니다.
당신의 그림자를 해시계 위에 얹으시고
들녘엔 바람을 풀어놓아주소서.

마지막 과일들이 무르익도록 명해주소서.
이틀만 더 남국의 날을 베푸시어
과일들의 완성을 재촉하시고, 진한 포도주에는
마지막 단맛이 스미게 하소서.

포도밭에는 검붉은 포도알들이, 밤나무에는 푸른 밤송이들이, 사과나무에는 빨간 사과들이 저마다 수확의 손길을 기다리고 있다. 비바람의 흔적이 고스란히 남아 있는 그 열매 하나하나가 먼 싸움에서 이기고 돌아온 용사들 같다. 그 귀환을 축하하듯 풀벌레 소리가 수풀에 가득하다.

그런데 채 여물기도 전에 땅에 떨어진 열매들도 있다. 흙 묻은 채 뒹구는 작은 열매들이 안타까워 몇 개는 주워서 돌아온다. 때 이르게 떨어진 열매들을 보니 먼저 세상을 떠난 동생 얼굴이 떠오른다. 식물이든 사람이든 잎이 지고 열매가 떨어지는 것은 한결같지 않은 일이다. 예상할 수도 돌이킬 수도 없는 일이니 그저 받아들일 수밖에 없다.

나는 주워온 풋사과와 시든 밤송이 몇 개를 접시에 담아두었다. 그 둘레에는 슬픔의 화환을 걸어주듯 마른 나뭇가지를 감싸주었다. 한 접시의 가을. 그렇게 담아놓고 며칠 들여다보니, 열매들은 나무에서 떨어진 후에도 조금씩 익어간다. 누구는 썩어간다고 표현할지 모르겠지만, 나는 그 시듦의 과정 역시 익어가는 것이라 여기고 싶다. 나무에 매달려서든 땅에 떨어져서든, 누구에게 거두어지든 내던져지든, 한번 태어나 꽃 피운 것들은 제 몫만큼 살다가 간다. 설령 오랫동안 살지 못했어도 기억 속에서 내내 익어가는 것들도 있다.

차 한잔의 무게

강변을 산책하다가 간이테이블에서 차를 즐겨 마시곤 했다. 제대로 된 찻집이 아니라 강변에 있는 작은 매점이었지만, 차 맛은 괜찮은 편이었다. 차갑고 딱딱한 철제의자에 앉아 마지막 몇 모금이 싸늘하게 식을 때까지 강물을 바라보고 있으면 어느새 날이 어두워져갔다.

사람들과 즐거운 담소를 나누며 마시는 차도 좋지만, 나는 직접 끓여서 혼자 마시는 차를 더 좋아한다. 밥 먹을 때와는 달리 차를 마실 때는 앞자리가 비어 있어도 별로 허전하지 않다. 오히려 또다른 나와 대면하고 있다는 느낌에 마음이 그윽해진다. 이처럼 차는 어떤 시간과 계절에, 어떤 풍경 속에서, 누구와 마시느냐에 따라 그 맛과 품격이 달라진다.

특히 찬바람이 불기 시작할 때 따뜻한 차 한잔의 위력은 대단하다. 문득 차를 끓이고 싶다는 생각이 들면 가을이 깊어간 다는 뜻이다. 김현승 시인도 "가을은/ 술보다/ 차 끓이기 좋은 시절"(「무등차」)이라고 노래하지 않았던가. 남쪽 지방에서 11월 긴긴 밤을 홀로 차 끓이며 앉아 있는 시인의 모습이 눈에 선하 다. 고독의 시인 김현승은 차를 사랑해서 자신의 호를 다형茶兄 이라 지었다.

그런데 차 한잔의 평화는 여유로울 때만 누릴 수 있는 게 아 니다. 오히려 극단적인 비참과 불행 속에서 받아든 차 한잔은 그 자체로 인간을 존엄하게 만들어준다. 도스토옙스키의 소설 『지하생활자의 수기』의 주인공은 이렇게 묻는다. "세계가 파멸 하는 것과 내가 차를 마시지 못하게 되는 것과 어느 쪽이 큰일 인가! 설사 온 세계가 파멸해버린대도 상관없지만, 나는 언제 나 차를 마시고 싶을 때 마셔야 한다." 세계의 파멸보다 한 인 간이 차를 마시지 못하게 되는 것이 더 큰 불행일 수도 있다는 것이다. 차 한잔은 때로 세계 전체와 맞먹는 무게를 지닌다.

초록 소파와 함께

자동차를 정비소에 맡기고 기다리는 동안 주변의 골목을 산책했다. 집마다 특색 있게 가꾸어놓은 정원들을 구경하는 것만으로도 시간을 보내기에 충분했다. 그러다가 사람이 살지 않은 채 오랫동안 방치된 집을 발견했다. 마당에는 사람 키만큼 풀이 무성하게 자랐고, 유리창은 깨졌거나 희뿌연 먼지로 뒤덮여 있었다.

그런데 녹슨 기계들과 쓰레기통 등이 어지럽게 널려 있는 정원에서 유난히 내 눈길을 끈 것이 있었다. 낡은 소파였다. 거실에 있어야 할 소파가 정원에 나와 있는 이유는 무엇일까? 그 일인용 소파는 한때 주인이 정원에 앉아 있던 자리였는지도 모른다. 그러나 주인을 잃은 초록 소파는 햇살과 빗물로 빛이 바랠 대로 바랜 채 방치되어 있었다.

그런데도 나는 왜 그 소파가 썩어간다고 느끼지 않았을까. 그것은 바로 초록 소파 구석구석에서 자라고 있는 풀 때문이었다. 인공의 초록빛 사이로 돋아난 또다른 초록. 바람이 불 때마다 풀이 가볍게 흔들리고, 어디선가 하얀 꽃잎이 날아와 앉았다. 새똥이 흩어져 있는 것으로 보아 그 소파는 최근엔 주로 새들의 놀이터였던 모양이다. 그런 생각을 하는데, 마침 새 한 마리가 소파에 내려앉는다.

그렇게 시시각각 소파를 중심으로 펼쳐지는 광경을 지켜보느라 나는 쉽게 그곳을 떠나지 못했다. 바라볼수록 소파는 버려진 사물이 아니라 수많은 생명을 키우는 존재처럼 느껴졌다. 겨드랑이에 풀을 키우고 넓은 등에는 새들을 업어 키우며 그는 돌아오지 않는 주인 대신 이 폐허의 가장 노릇을 하고 있었다. 풀이 마침내 자신의 몸을 온전히 덮을 때까지 그는 거기에 묵묵히 남아 있을 것이다.

자동차를 찾으러 발길을 돌리면서 나는 초록 소파와 함께 여행을 떠나고 싶어졌다. '붉은 소파'와 함께 삼십 년 동안 세계를 여행했던 사진작가 호르스트 바커바르트처럼, 그 초록 소파에게도 아름다운 들판과 바닷가를 보여주고 싶었다. 더 많은 새와 사람들을 그 위에 앉게 하고 싶었다.

터미널이라는 곳

어느 나라에 가든지 비슷한 풍경을 지닌 장소들이 있다. 버스 터미널도 그런 곳 중 하나다. 큰 도시의 터미널은 새 건물에 쾌적한 편이지만, 소도시나 소읍의 터미널은 몇십 년 전이나 별로 달라진 게 없다. 낡고 더러운 시멘트벽, 묵은 때가 낀 의자들, 공중화장실에서 흘러나오는 지린내, 여기저기 나뒹구는 담배꽁초와 쓰레기, 매연과 기름 냄새, 싸구려 간식을 파는 상점들, 바쁘게 부려지는 화물들, 스피커에서 지직거리며 흘러나오는 안내방송, 작별인사를 나누거나 분주하게 오가는 사람들…… 누구도 터미널에서는 오래 머물지 않는다.

짐을 꾸려 어디론가 떠나는 사람들과 돌아오는 사람들, 그들은 각기 다른 곳에서 와서 다른 곳으로 간다. 또한 그들은 터미널 의자에 앉아 누군가를 기다리고 있는 중이다. 버스를 기

171

다리고, 식구나 친구를 기다리고, 화물이 도착하기를 기다린다. 출발시각이 임박해 정신없이 뛰어가는 사람도 있고, 버스를 놓치고 허탈하게 주저앉는 사람도 있다. 정장을 차려입고 길을 나선 사람도 있고, 단출한 점퍼 차림으로 비닐봉지를 한두 개 들고 돌아오는 사람도 있다. 같은 공간에 있지만 사람들은 각기 다른 목적과 속도로 움직이고 있다. 표정도 제각각이다.

그러다 아는 사람이라도 만나면 반갑게 인사를 나눈다. 모르는 사람이라고 해도 무료함을 달랠 겸 옆에 앉은 사람과 세상 돌아가는 이야기를 나눈다. 무언가를 기다린다는 공통점만으로도 그들은 쉽게 길 위의 친구가 된다. 기다려야 할 시간이 길수록, 터미널이 작고 사람이 많지 않을수록 더 쉽게 친밀해진다. 그들은 자신이 찾아가는 존재, 또는 기다리는 존재에 대해 이야기하기 시작한다. 마치 서로 다른 전류가 한 지점에 모여드는 전극처럼, 그 순간 터미널에도 마음의 전류가 흐르기 시작한다.

터미널은 단순한 종점이 아니다. 터미널terminal의 어원인 'term'에는 '끝'이라는 뜻과 함께 '경계'라는 뜻도 들어 있다. 누군가에게는 종착지인 곳이 누군가에게는 출발점이기도 한 곳. 또 누군가에게는 반환점이거나 경유지이기도 한 곳. 수많은 사람들이 종종걸음으로 스쳐가는 곳이지만, 낡고 때묻은 의자에 잠시 앉아 삶의 온기를 나눌 수 있는 곳이기도 하다. 여기에 앉아 있는 몇 사람처럼.

인생이라는 부동산

전주 한옥마을을 걷다가 우연히 한 집을 발견했다. '인생 부동산'이라니! 게다가 '이 사무소는 허가자가 직접 운영합니다'라는 문구까지 붙어 있다. 자신이 운영하는 가게에 통 크게 '인생'이라는 상호를 붙인 주인은 어떤 사람일까. 왠지 그 문을 열고 들어가면 집이나 땅이 아니라 인생에 대해 무엇이든 대답해줄 것 같다. 그러나 문은 굳게 닫혀 있었다. 폐업한 지 오래된 것처럼 보이기도 했지만, 나는 공연히 '인생 부동산' 주변을 서성거렸다.

직장을 그만두었는데 어떤 일을 해야 할지, 누구를 만나 결혼하는 게 좋을지, 아이를 어떤 학교에 보내야 할지, 친구와 문제가 생겼을 때 어떻게 풀어야 할지, 자신의 시간과 노력을 어디에 쏟아야 할지…… 이런 고민들이 생길 때 사람들은 점집이나 상담센터를 찾곤 한다. 하지만 점쟁이나 상담사의 말이 약간의 위로나 도움을 줄지는 몰라도 인생 자체를 바꾸어줄 수는 없다. 엉킨 실타래처럼 막히고 꼬여 있는 문제들을 인내심 있게 풀어가야 할 사람은 오직 자신뿐이다.

생각해보니, 인생은 부동산과 닮은 데가 많다. 시세가 오를 때가 있으면 내릴 때가 있다는 것. 투자 한번 잘못했다 완전히 망할 수도 있다는 것. 누군가에게 마음을 세주고 타인의 마음을 전세나 월세처럼 받으며 산다는 것. 그러다가도 이따금 믿는 도끼에 발등 찍혀 보증금마저 날릴 수도 있다는 것. 이렇게 일과 사람에 관해서는 신중하게 선택하고 꼼꼼하게 챙겨야 할 것들이 많다.

은퇴 이후에도 수십 년을 살아야 하니 인생도 이제는 이모작을 해야 할 모양이다. 은퇴retire, 타이어를 갈아끼운다는 뜻이다. 새로운 삶의 영토를 찾거나 다시 일구기 위해, 길고 긴 삶을 안내해줄 '인생 부동산' 같은 게 있었으면 좋겠다.

간판에 적힌 번호로 전화를 걸어보았다. 하지만 "없는 국번호"라는 메시지가 계속 흘러나왔다. 역시 인생의 길을 일러줄 진정한 허가자를 만나기는 쉽지 않구나.

간이역들을 추억함

작고 아름다운 간이역들이 사라져가는 것은 하늘에 별이 드물
어지는 것처럼 아쉬운 일이다. 기억에 남는 기차 여행을 떠올
리며 입가에 읊조리게 되는 이름들은 대부분 간이역들이다. 소
래역, 팔당역, 능내역, 석불역, 별어곡역, 구절리역, 추전역, 승
부역, 극락강역……

속도와 효율성을 무시할 수 없는 철도청의 고충을 이해 못
할 바는 아니지만, 그 추억의 장소들을 간직할 수 있는 방법은
과연 없는 것일까.

오래전 간이역들이 남겨준 마음의 온기를 이렇게나마 적
어본다.

하늘도 세 평 고요도 세 평

환상선 눈꽃열차를 타고 겨울여행을 한 적이 있다. 이른 아침 청량리역에서 출발해 전국의 간이역들을 돌고 밤늦게 돌아오는 환상선 기차는 추전역과 승부역에서 한 시간 남짓씩 정차했다. 그날은 눈이 내리지 않아서 눈꽃열차라는 이름이 무색하게 창밖의 풍경은 밋밋했다. 승객들의 아쉬움을 달래려는 듯 차내 방송에서는 "눈이 오지 않아서 죄송합니다"라는 말이 여러 번 흘러나왔다. 눈이 오지 않은 게 기관사의 잘못은 아닌데 말이다.

추전역이 한국에서 제일 높은 곳에 있는 간이역이라면, 승부역은 가장 작은 간이역이다. 사방이 산으로 둘러싸인 승부역에는 커다란 돌 위에 이런 구절이 새겨져 있다.

승부역은 하늘도 세 평이요,
꽃밭도 세 평이나
영동의 심장이요,
수송의 동맥이다.

승부역에 기차가 멈추자 기차에서 내린 사람들은 일제히 음식이나 농산물을 파는 장터 쪽으로 몰려갔다. 나는 반대편 산길로 걸음을 옮겼다. 기차에서 내리기 직전 언덕 위로 난 오솔길과 화전민 마을을 발견했기 때문이다. 그런데 기분이 이상

해서 돌아보니 내 뒤에는 단 한 사람도 없었다. 화전민 마을에서 내려오는 모녀와 길가에 매인 송아지를 보았을 뿐, 산길에는 인적이 드물었다. 장터의 시끌시끌한 소리는 점점 멀어져가고, 깊은 산촌의 고요가 나를 맞아주었다. 바람 소리, 새들의 날갯짓 소리, 마른 가지들 싸르륵거리는 소리, 얼음장 밑으로 계곡물 흘러가는 소리, 심지어 구름이 흘러가는 소리까지 투명하게 들리는 듯했다. 그 고요 속에는 참으로 많은 소리들이 숨쉬고 있었다. 「소리들」이라는 시에서 나는 이렇게 썼다.

소리들만 이야기하고
아무도 말하지 않는 겨울 승부역
소리들로 하염없이 붐비는
고요도 세 평

소신공양을 막 끝내고 식어가는

청량리역에서 중앙선을 타고 양평 부근을 지나다 우연히 발견한 석불역. 지금은 무인역이 되었지만, 예전에는 승무원의 깃발에 따라 하루에 몇 번 기차가 정차하던 역이다. 그 평범한 역이 내 관심을 끈 것은 순전히 역의 이름 때문이었다. 절 이름이 붙은 역은 종종 있지만, '석불'이라는 일반명사로 된 역 이름은 처음 보았다. '석불역'이라는 현판을 보며 나는 자연스럽게 역 근처에 석불이 있는지 두리번거렸다.

그러나 역사는 마당이랄 것도 없이 너무 작았고, 석불이라 고는 도무지 있을 것 같지 않은 분위기였다. 내 눈에 들어온 건 초라한 역사와 집 세 채가 전부였다. 그런데 석불을 찾아 두리 번거리다가 실망한 눈빛을 거두려는 찰나, 눈에 들어온 것이 있었다. 쓰러질 듯 서로를 고이고 있는 흰 연탄재들. 울퉁불퉁 한 콘크리트 마당에는 눈이 희끗희끗 남아 있었고, 그 위에 연 탄재들이 어수선하게 쌓여 있었다. 대합실의 낡은 난로에서 나 왔을 연탄재였다.

기차가 석불역을 막 떠나려는 순간 나는 깨달았다. 그 연탄 재야말로 소신공양燒身供養을 마치고 식어가는 석불이라는 것 을! 연탄이란 원래 검은 석탄에서 온 것이 아닌가. 제 몸을 온 전히 태워서 다른 존재를 따뜻하게 만들어주는 존재. 그렇게 다 타고 나면 연탄의 검은 몸은 다시 희디흰 살빛으로 태어난 다. 석불역에 다시 가보지 못했지만, 석불처럼 빛나던 연탄재들 의 모습은 지금도 눈에 선하다.

바리데기를 보았다

KTX가 개통되기 전에는 이따금 서울에서 밤늦게 새마을호를 타고 광주로 돌아오곤 했다. 광주역 직전에 극락강역이라는 간 이역이 있었는데, 신호 대기를 위해서가 아니라면 기차가 그

역에 서는 경우는 거의 없었다.

어느 날 새벽, 밤기차에서 혼곤히 잠이 들었다가 문득 눈을 떴다. 멀리 들판 사이로 흐르는 극락강과 근처의 작은 역사가 보였다. 작은 가로등 몇 개가 켜져 있고, 역사 마당에는 소박하게 가꾸어진 화단이 있었다. 극락강이라는 이름처럼 작은 천국의 이미지였다. 꿈에서 깨어난 직후여서 눈앞에 있는 극락강역이 아득한 환상의 세계처럼 느껴졌다. 기차가 전진하면서 내 몸이 갑자기 날아오르며 거대한 깃털을 타고 공중을 날아다니는 꿈을 꾸었다.

그 꿈속에서였을까. 극락강역 앞에 서 있는 여자아이를 보았다. 나는 거의 본능적으로 그 아이가 신화 속에 나오는 바리데기일 거라고 생각했다. 때에 절은 허름한 옷을 입고 죽음의 강을 건너는 바리데기. 여자라는 이유만으로 아비에게 버려져 온갖 고생을 했지만 결국 병든 아비를 살리기 위해 강을 건너 약을 구해오는 바리데기. 그런 상상이나 환상이 떠오른 것은 아마도 극락강이라는 이름 때문이었을 것이다.

다른 사람의 눈에는 바리데기가 보이지 않는지 기차는 극락강역에 멈추지 않고 그냥 지나쳐버렸다. 극락강역을 이후로도 수없이 지나쳤지만, 바리데기는 다시 보이지 않았다. 타는 사람도 내리는 사람도 없는 극락강역. 그러나 그 대합실에는 밤이면 오롯하게 불이 켜지고, 등꽃 그늘에는 방금 누가 앉았다 간 듯 의자 몇 개가 놓여 있다.

빠르게 달리던 기차가 잠시 속도를 늦추는 간이역들은 앞만 보고 달려가던 몸과 마음을 천천히 들여다보며 지금 너는 어디로 가고 있느냐고 되묻게 한다. 그 작은 모퉁이에서 꿈과 현실, 기억과 예감은 서로 흘러들어 오롯한 공간을 만든다. 간이역들에서 나는 실은 아무것도 보지 않았고 아무 소리도 듣지 않았는지 모른다. 그러나 동시에 나는 너무 많은 것을 보았고 너무 많은 소리를 들었다.

두루미들이 날아가기 전에

순천만의 아름다움을 느끼기에는 겨울 저녁이 제격이다. 끝도 없이 펼쳐진 갈대숲이 바닷바람에 서걱거리는 소리와 철새떼가 끼룩끼룩 들판에서 갈대숲으로 이동하는 모습은 내가 남도에 살면서 사랑하게 된 풍경들 중 하나다. 쓸쓸하고 황량하게 느껴지는 겨울 저녁의 이 풍경은 소멸하는 존재들이 지닌 마지막 빛을 보여준다. 갈대가 한창 풍성한 가을까지는 사람들로 북적거리지만, 한겨울에 갈대숲을 찾는 발길은 거의 없다. 멋진 풍광을 찾아나서는 사람은 많아도 고요의 참맛을 아는 사람은 드물다는 얘기도 되겠다.

바람이 불 때마다 더이상 움켜쥘 것도 긁어댈 것도 없다는 듯 한 방향으로 나지막하게 몸을 기울이는 갈대. 바람에 나부끼고 나부껴서 앙상해진 갈대들은 남은 한줌마저 다 털렸다는 표정으로 허허 웃고 있다.

만일 갈대들이 머금고 있던 씨앗을 바람에 놓아주지 않았다면 그렇게 넓은 갈대숲이 이루어질 수 없었을 것이다. 이렇게 스스로를 내어줌으로써 생명을 확장하는 지혜를 식물은 동물이나 인간보다 더 잘 알고 있는 듯하다. 그 순연한 몸짓과 소리는 더 나지막하게 살라는 전언처럼 들린다. 그런 갈대들 곁에 마음의 먹구름 몇 점 내려놓고 오기도 한다.

몇 해 전 겨울에도 나는 순천만 갈대숲을 찾았다. 둑길을 따라 걷다보니 저멀리 두 사람이 나란히 서 있는 모습이 보였다. 추운 날씨에도 아랑곳하지 않고 데이트를 나온 남녀겠거니 생각했는데, 가까이 가보니 나이가 지긋한 외국인 여자와 앳된 한국인 청년이었다. 망원경을 세워놓고 하루종일 새를 관찰하고 있는 두 사람은 두루미재단 소속이라고 한다.

두루미재단? 재벌이나 정치인들의 호가 붙은 재단 이름은 숱하게 들었지만, 새 이름에 붙인 재단 이름은 처음 들었다. 아마도 멸종 위기에 처한 두루미를 살리기 위한 여러 연구와 활동을 하는 재단이 아닌가 싶다. 두 사람이 그곳에서 주로 관찰하는 대상은 순천만의 흑두루미들이었다. 특히 40일 전쯤 날려보낸 흑두루미의 행동을 계속 체크하는 것이 그들의 중요한 일과 중 하나였다.

순천의 한 초등학교에서 어떤 아이가 들판에서 주워온 새를 학교 새장에서 길렀다고 한다. 기르면서도 그 새의 이름을 잘 몰랐는데, 우연히 학교를 지나던 조류학자의 눈에 띄어 그것이

흑두루미임이 밝혀졌다고 한다. 그 흑두루미는 야생에 적응하기 위한 훈련을 거쳐 동족들 속으로 날려보내졌다. 두루미재단에서는 그 새의 다리에 묶은 장치를 안테나로 계속 확인하면서 적응과정을 지켜보고 있는 중이었다.

그들의 성능 좋은 망원경 덕분에 나는 날아가는 흑두루미떼를 비롯해 여러 새들의 모습을 자세히 볼 수 있었다. 짙은 회색빛의 깃털과 긴 목과 다리를 지닌 흑두루미들이 들판 위를 걸어다니거나 날아가는 모습은 아주 품위 있고 장엄하게 보였다. 그리고 흑두루미들이 교신하는 울음소리는 생각보다 커서 온 들판이 쩌렁쩌렁 울릴 정도였다.

어느새 날이 저물고 새들도 잠자리를 찾아 갈대숲으로 날아갔다. 돌아서기 전 나는 두 사람의 얼굴을 찬찬히 바라보았다. 사람보다 새들과 주로 대화를 나누며 살아서인지 그들의 표정이나 눈빛은 더없이 맑고 온화했다. 이렇게 외딴 갈대숲에서 추위를 견디며 새를 지켜보는 사람들이 있다니. 더욱이 머리가 희끗해지도록 낯선 나라에 와서 두루미를 연구하는 외국인 여성의 모습에서는 숙연함마저 느껴졌다. 새 한 마리가 하나의 세계라는 걸 알고 있는 사람들. 그들은 작은 망원경을 통해 또 하나의 우주를 보고 있구나 싶었다.

개미를 제대로 이해하기 위해 삼 년 동안 땅을 기어다녔더니 개미의 눈높이를 갖게 되었다는 한 사진작가의 말처럼, 두 사람의 눈은 아마도 새를 이해하기 위한 조리개로 맞추어져 있을 것이다. 철새들이 떠났다가 다시 돌아오는 계절의 순환에 따라 그들의 삶의 질서 역시 맞추어져 있을 것이다. 그렇지 않고서야 해마다 그 자리에 서서 새들을 맞이하고 겨울을 날 때까지 내내 지켜볼 수 있겠는가.

올겨울에도 순천만 갈대밭에 다녀오려고 한다. 흑두루미들이 시베리아 벌판으로 날아가기 전에, 그 둑길 위에서 두 사람이 사라지기 전에. 그리고 빈 몸으로 남아 바람에 흔들리는 갈대들의 서걱거림을 다시 듣기 위해.

소록도에서의 성만찬

사춘기 시절 이청준의 『당신들의 천국』을 읽으며 언젠가 소록도에 꼭 가보겠다고 생각했었다. 그러면서도 마흔이 가까워서야 소록도에 가게 된 것은 그 섬이 먼 남쪽 바다 저편에 있어서만은 아니다. 소록도에 가기 위해서는 왠지 다른 여행지와는 다른 마음의 준비 같은 게 필요해서다.

실제로 섬에 들어가는 일은 그리 어렵지 않았다. 고흥 녹동항에서 배를 타면 단 5분밖에 걸리지 않는 곳에 소록도는 자리잡고 있었다. 수영을 잘하는 사람이라면 헤엄쳐서라도 건널 수 있는 거리였다. 그러나 소록도가 간직해온 고통의 역사를 떠올리며 마음이 넘어야 할 물결은 훨씬 높고 강하게 일렁였다. 섬으로 걸어들어가는 동안 내리쬐는 햇빛이 유난히 따갑게 느껴진 것도 그래서였을 것이다.

바닷가를 따라 걷다가 잠시 쉬려고 소나무 그늘을 찾아들었다. 시장기가 느껴져 배에서 먹다 남은 떡을 가방에서 꺼냈다. 떡을 집어드는데, 얼마 떨어지지 않은 곳에 앉아 있는 한 노인의 뒷모습이 보였다. 나는 떡을 들고 다가가 "저어, 이것 좀 드세요" 하고 조심스럽게 내밀었다. 그런데 내 목소리에 뒤를 돌아보는 노인의 얼굴을 보고 나는 너무 놀라 주춤할 수밖에 없었다. 그의 얼굴은 반 넘게 문드러져 있었고, 그에게는 떡을 받아들 두 손마저 없었다.

물론 그가 자유롭게 돌아다닐 수 있다는 것은 한센병이 치유되었다는 뜻일 테니 전염을 걱정할 문제는 아니었다. 다만, 내가 떡을 건넴으로써 그의 손이 없다는 사실이 드러났고, 그로 인해 일반인과 한센병 환자의 거리를 서로 확인해야 한다는 게 송구스러울 따름이었다. 그런데 그런 조심스러운 생각조차 나의 편견이었다. 노인은 일그러진 얼굴로나마 아주 편안하게 웃었고, 손가락이 거의 녹아버린 몽당손으로 떡을 받아들었다. 내가 없다고 생각한 그 손이 노인에게는 여전히 손의 역할을 하고 있었던 것이다. 우리는 소나무 그늘 아래 앉아 떡을 나누어 먹었고, 노인은 중앙공원 쪽으로 가는 길을 내게 일러주었다.

공원에는 수령이 오래된 나무들이 조형물처럼 잘 다듬어져 있었다. 그 인공적인 아름다움에 감탄하면서도, 한편으로는 전지가위를 들고 나무를 다듬었을 누군가의 손이 썩어가는 상처를 지녔을 생각에 마음이 아파왔다. 전시관에서 소록도의 역사를 기록한 사진과 유품들을 보는 동안에도 그 불편함은 점점 커졌다. 몽당손으로 그물을 잡고 둘러서 있는 소년들, 섬을 탈출하기 위해 뗏목 하나만으로 바다에 뛰어든 남자, 세 개밖에 남지 않은 손가락으로 꽃수를 놓고 있는 아낙들…….

어디 그뿐인가. 자식을 낳고도 격리된 채 살다가 한 달에 한 번 부모와 자식이 만났다는 통곡의 길도 있다. 전염될까봐 길 양쪽으로 갈라선 채 손 한번 잡아보지 못하고 눈으로만 피붙이를 만나는 사진 속에서는 아직도 흐느낌이 들려오는 것 같았다. 그리고 일제시대 시체를 해부하던 검시실과 감금실, 남자들을 강제로 거세시키던 단종대斷種臺 등 인간이 인간에게 가한 폭력의 흔적들에 진저리가 쳐졌다.

어두운 역사를 뒤로 한 채 이제 소록도에는 재활의 활기가 넘쳐 보였다. 두 다리가 없는 엄마를 휠체어에 태우고 병동을 나서는 딸의 표정도 밝았다. 산책을 나선 모녀는 다정하게 소곤거리며 숲그늘로 사라졌다. 작은 사슴을 닮았다는 섬에서 그들은 병을 잊은 듯 살고 있었다. 『당신들의 천국』에서 조백헌 원장이 꿈꾸던 천국이 바로 이런 것이었을까. 그러나 소설에서는 그의 노력이 '우리들의 천국'을 이루지 못한 채 결국 '당신들의 천국'에 머물고 만다. 일반인과 한센병 환자들이 '우리들'이라는 이름으로 묶이기에는 서로에 대한 불신과 상처가 너무 깊었다.

소록도 외에도 한센병 전문병원으로 전남 여수의 애향원이 있다. 그 병원이 만들어진 유래도 인상적이다. 백여 년 전 광주 기독병원에 입원한 오웬 선교사가 위독해지자, 목포진료소에 있는 내과의사이자 선교사인 포사이트에게 도움을 요청하는 전갈이 왔다. 포사이트 선교사는 서둘러 목포에서 배를 타고 영산포까지 와서 다시 말을 타고 광주로 달려오는 길이었다. 그런데 그는 길에 쓰러진 한센병 환자를 발견하고는 차마 외면할 수 없어서 그녀를 말에 태우고 자신은 걸어서 광주에 도착했다.

그렇게 지체하는 동안 오웬 선교사는 목숨을 거두고, 사람들은 그의 장례를 치르고 있었다. 선한 사마리아인처럼 한센병 환자를 태우고 뒤늦게 나타난 포사이트 선교사를 보며 사람들은 숙연해졌다. 이 일을 계기로 사람들은 힘을 모아 광주에 한센병 환자를 위한 병원을 설립하게 되었다. 포사이트 선교사는 비록 동료의 목숨을 구하지 못했지만 수백 명의 한센병 환자를 살려내는 기적의 씨앗이 되었다. 하지만 전국에서 모여든 환자들의 숫자가 점점 많아지자 광주 시민들은 병원을 다른 지방으로 옮기도록 요구하고 나섰다. 한때는 700여 명에 달하는 한센병 환자들이 모여들었다고 한다. 병원은 결국 여수로 옮겨졌다.

나는 소록도의 따가운 볕 아래서 벌이라도 서듯 한참을 서 있었다. 그런 편견과 이기심이 내 속에도 자리잡고 있다는 생각에서였다. 너는 이 참담한 땅을 잊어버린 채 자기 고통에만 겨워 살아오지 않았던가, 햇빛은 창처럼 꽂히며 이렇게 묻고 있었다. 그러나 내가 건넨 떡 몇 조각을 몽당손으로 받아들던 노인은 모든 걸 용서한 듯 온화하게 웃고 있었다. 그 어색하지만 따뜻했던 기억을 나는 소록도에서의 성만찬이라 부르고 싶다.

두 조나단 사이에서

해가 기울기 시작할 무렵 석모도에서 강화로 나오는 배에 서둘러 올라탔다. 고요한 바닷가에는 엷은 어스름이 풀리기 시작하고 있었다. 그런데 선착장에서 배가 떨어져나와 방향을 잡기 시작하자 어디서 날아올랐는지 한 무리의 갈매기들이 소란스럽게 뱃전에 모여들었다. 2킬로미터도 안 되는 10여 분의 짧은 뱃길을 갈매기들은 내내 파닥거리며 따라붙었다.

나는 얼마 지나지 않아 그 이유를 알게 되었다. 사람들이 갈매기들을 향해 새우깡을 내밀면 갈매기들은 어떻게든 놓치지 않고 그것을 받아먹었다. 그러면서 따라오는 갈매기의 행렬은 여객선이 파도 위에 남기고 가는 물길 위로 난 또하나의 길처럼 보였다. 새우깡을 미리 준비해온 걸 보면, 새우깡을 받아먹으며 사는 석모도 갈매기의 존재는 꽤 알려져 있는 듯했다.

10분짜리 뱃길에 묶여 날아다니며 관광 상품이 되어버린 새. 사람들은 그 갈매기들을 조나단이라고 불렀지만, 리처드 바크의 『갈매기의 꿈』을 읽은 사람이라면 그것이 얼마나 씁쓸한 자조가 섞인 이름인지 알 수 있을 것이다.

2층 갑판에 몰려들어 갈매기들에게 새우깡 주는 재미에 빠져 있는 사람들을 뒤로하고 나는 뱃전 구석에 앉았다. 새들의 모습은 눈에 보이지 않았지만 이번에는 새들의 울음소리가 귓전을 맴돌았다. 아니, 갈매기들은 사람들이 던지는 과자 조각을 쫓느라 아무런 울음소리도 내지 않았다. 그런데도 내 귀엔 분주하게 파닥거리는 날갯소리가 울음소리로 들렸다. 아무리 귀를 막아도 더 크게 들려오는 그 소리는 사이렌의 노래처럼 아름답고 신비로워서 사람들의 눈과 귀를 사로잡는 게 아니라, 너무도 처연하게 느껴져서 오히려 마음을 뗄 수 없게 만들었다. 이렇게 사이렌은 수만 가지 모습으로 생生의 파도 위에 출몰하곤 한다.

석모도에서 내가 만난 사이렌은 사람들이 던져주는 마른 먹이를 물기 위해 몸부림치는 누추한 날개를 지녔다. 살아서 팔딱거리는 새우가 아니라 금세 바닷물을 머금고 가라앉을 새우깡 몇 점을 따라 힘겹게 평형을 유지하며 흔들리는 날개들. 높이 날아오르지도 못하고 낮은 허공에서 찢겨진 깃발처럼 나부끼는 날개들……

그 날개 부딪치는 소리는 배에서 내린 뒤에도, 강화를 떠나 뭍으로 돌아온 뒤에도, 도심의 거리를 걸어가고 있을 때에도 불현듯 환청처럼 들려오곤 한다. 생각해보니, 석모도를 떠나오면서 그 아픈 파도 한줄기를 데려온 것이 그리 우연만은 아닌 것 같다. 그동안 생존을 위해 바쳐야 했던 무수한 날들이 내 속에도 오래전부터 출렁거리고 있었으니까. 낮게 낮게 이어져 온 내 속의 울음소리가 아마도 그 울음소리를 불러들였을 것이다.

석모도席毛島는 원래 누에고치처럼 생겼다 해서 붙은 이름이다. 어린 시절 잠실蠶室에 들어가서 누에들이 일제히 뽕잎을 먹어치우는 소리를 들으며 꼭 파도 소리 같다고 생각했었다. 쏴아, 쏴아, 모든 생존의 소리는 이처럼 왕성하고, 그 왕성함으로 또한 처연하다.

이제 보니 내가 써온 시들 역시 그 울음소리를 닮아 있다. 내 시뿐 아니라 문학이란 그런 삐걱거림 또는 파닥거림의 기록이 아니던가. 시는 근원적으로 무애無碍한 비상을 꿈꾸지만, 그것이 빚어지는 공간은 오히려 비상을 불가능하게 만드는 조건들로 이루어지기 마련이다. 그렇다면 그 생존의 울음소리는 피해야 할 소리가 아니라, 고통스럽게 귀기울여야 할 소리가 아닐까. 내 귀를 막고 있는 밀랍 조각을 들어내고 내 몸을 단단하게 묶고 있는 사슬을 거두어내면서라도. 글쎄, 석모도 갈매기로 환생한 사이렌들이 이런 내 생각을 알게 된다면, 다음 뱃길에선 울음소리 대신 막막한 침묵으로 나를 맞을지도 모르겠지만⋯⋯.

강화도, 석모도, 서검도, 교동도 사이에 방조제를 쌓아 세계 최대 규모의 조력발전소를 건설할 계획이라고 한다. 뉴스를 보면서 석모도 뱃길마저 곧 사라지겠구나 싶었다. 그렇게 되면 갈매기들은 어디로 갈까. 더이상 사람들이 던져주는 새우깡 따위는 바라지 않고 먼바다로 날아갈까. 아니면 계속 방조제를 들락거리는 승용차나 매점 주변을 맴돌며 종종거리게 될까.

리처드 바크의 『갈매기의 꿈』에서 날아오르는 조나단과 파트리크 쥐스킨트의 『비둘기』에서 7.5평의 방에 갇혀 사는 은둔자 조나단. 이렇게 두 조나단 사이에서 갈등하며 살아가는 것은 단지 갈매기들만이 아닐 것이다.

사이렌의 노래들

노래는 어디서 오는가

여기가 세상의 끝이구나 싶은 곳을 이따금 만나게 된다. 한국 남쪽 바닷가나 영국 콘월 지방 서쪽 끝에는 '땅끝'이라는 지명이 있기도 하다. 영국 와이트 섬 서쪽 끝 '니들스The Needles'라고 불리는 절벽과 바위들도 그런 곳 중 하나다. 신이 흘리고 간 바늘들처럼 바다를 향해 뻗어간 바위들을 보면, 신과 인간이 저쯤에서는 만날 수도 있으리라는 생각이 든다. 그러니 땅끝은 세상이 끝나는 지점이 아니라 그 너머의 다른 세계로 가는 통로라고도 볼 수 있겠다.

가보지는 못했지만, 피지 섬의 거룩한 산 나우카바드라 끝에는 '나이-톰보-톰보'라는 바위가 있다고 들었다. 죽은 영혼이 마지막으로 뛰어내리는 곳. 그곳에서는 사람이 죽으면 영혼이 사흘 후에 이 바위에 도착해 바다로 뛰어내린다고 믿었다

한다. 바닷속 동굴에서 조상들을 만난 영혼은 부족의 옛 노래가 울려퍼지면 그제야 자신에게 죽음이 임한 것을 알게 된다는 것이다. 이처럼 바다로 둘러싸여 살아온 섬사람들에게는 거친 파도가 삶과 죽음의 경계로 여겨졌다.

어떤 부족에게는 드넓은 바다 대신 끝없는 사막이, 추운 벌판이, 무성한 숲이, 마룻장 밑의 어둠이 그 경계였을 것이다. 알타이족 샤먼은 지하세계를 여행하며 "노래의 힘에 의해 우리는 사막을 가로질러간다"고 노래했다. 그런가 하면 시베리아에서는 죽은 영혼이 얼어붙은 벌판을 건넌다고 상상했다. 샤먼이 야생 순록의 가죽으로 된 북을 치는 것은 시베리아 벌판을 건너는 영혼에게 야생 순록처럼 튼튼한 안내자가 필요하기 때문이다. 아프리카 부시먼족은 망자의 영혼이 기린을 따라간다고 믿었다. 울창한 숲을 통과하기 위해서는 목이 길고 참을성 많은 기린만 한 안내자가 없을 것이다. 인도 소라족은 영혼이 마룻바닥을 통해 지하세계로 내려간다고 믿었고, 망자의 발걸음을 돕기 위해 뿔고동을 함께 불었다.

원시 부족들의 신화나 제의를 보면, 그들의 자연환경에 따라 사후세계에 대한 상상이 각기 다른 걸 알 수 있다. 그런데 한 가지 공통점은 노래만이 삶과 죽음을 이어주고 망자와 동행한다는 믿음이다. 노래의 기원을 거슬러올라가면, 샤먼의 노래는 하늘과 땅을 연결하는 우주목宇宙木까지 닿아 있다. 우주목에서 떨어진 나뭇가지를 주워 북을 만들면 평생 노래를 부르며 살게 된다는 전설도 있다. 이제 샤먼은 사라지고, 신화의 세계로부터 까마득하게 먼 곳에서 우리는 살고 있다. 하지만 땅끝 어디쯤 막다른 절벽 앞에 서면 어디선가 희미한 노랫소리가 들려오는 것 같기도 하다. 이따금 그 노래를 받아적기도 한다.

내 몸속의 감자를 꺼내주세요

클로디아 로사 감독의 〈슬픈 모유The Milk of Sorrow〉는 페루의 전설을 바탕으로 역사의 수난자인 여성의 고통을 섬세하게 그린 영화다. 주인공 파우스타의 엄마는 내전중에 끌려가 임신한 상태로 강간을 당했다. 엄마의 공포가 슬픈 모유를 통해 전해져 파우스타는 성장해 자신도 강간을 당하게 될까봐 질 속에 감자를 넣고 다닌다. 스스로의 몸을 지키기 위해 박아 넣은 감자는 사랑의 단절과 불모성不毛性을 일으키는 고통의 상징이다.

엄마가 세상을 떠나고, 파우스타는 엄마를 고향땅에 묻어줄 장례비용을 벌기 위해 저택에서 가정부로 일한다. 그녀는 외롭고 두려울 때마다 잉카 원주민의 언어로 노래를 불렀는데, 저택 주인인 피아니스트는 파우스타의 음악적 영감을 훔쳐 연주회를 치른 뒤 그녀를 내쫓는다. 다행히 저택의 정원사 노에의 따뜻한 배려로 그녀는 세상을 향해 조금씩 마음을 열게 된다. 어느 날 파우스타는 노에를 향해 제 몸속에서 감자를 꺼내 달라고 절규한다. 마침내 두려움을 이겨낸 파우스타는 저택에 가서 진주를 되찾아 엄마를 고향 바닷가에 묻어준다. 집에 돌

아온 파우스타는 노에가 정성껏 피워낸 감자꽃을 웃으며 받아
든다.

　이 영화에서 특히 인상적인 것은 파우스타가 케추아어로 부
르는 노래들이다. 죽어가는 엄마 앞에서도, 죽은 엄마 앞에서도
그녀는 노래를 부르고 또 부른다. 모태 이전부터 핏줄 속에 녹
아 있던 그 가락과 노랫말은 인공적으로 제작, 반복되는 근대
의 노래와는 다르다. 즉흥적이고 일회적인 그 노래는 내면 깊
은 곳에서 흘러나와 타자의 슬픔과 공명한다. 그녀의 입에서
노래가 슬픈 모유처럼 흘러나올 때, 세상은 고통스러운 헐떡거
림을 잠시 멈추는 것 같다. 그녀의 노래에 귀기울이는 동안 오
랫동안 내가 잃어버리고 살아온 노래들이 하나둘 떠올랐다.

　가엾은 작은 비둘기야, 어디로 갔니? 두려움에 떨다가 영혼을 잃은 채 날
아가버렸구나. 네 어미가 전쟁중에 널 낳았겠지. 네 어미가 두려움에 떨면
서 너를 낳았겠지. 아무리 사람들이 너를 아프게 했어도 울며 헤매는 것이
네 운명은 아니야. 고통스럽게 걷는 게 네 운명은 아니야. 찾으렴. 찾아나서
렴. 네 잃어버린 영혼을 어둠 속에서 찾아. 이 땅에서 찾아.

　상처 입은 새처럼 두려움에 떨던 파우스타가 사라진 비둘기
를 향해 부르던 이 노래를 오늘은 그녀에게 되돌려주듯 나지막
하게 읊조려본다. 내 속에서 그녀가 푸드득 날아오른다.

나는 앵무조개다

앵무새와 앵무조개. 대지를 터전 삼아 살아가는 인간에게 새와 조개는 여전히 이해하기 어려운 존재들이다. 하지만 '앵무'라는 말 때문인지 이 두 생물은 인간과 유난히 가깝다는 생각이 든다. 인간의 말을 따라할 줄 아는 앵무새와 신성한 말을 품고 있었다고 전해지는 앵무조개. 그들은 인간의 말과 다른 종種의 말을 연결해주는 전령사처럼 느껴진다.

앵무조개가 속한 아르고나우타Argonauta는 옛날 그리스 영웅 이아손이 황금 양피를 찾아 떠나기 위해 만든 배의 이름 아르고Argo에서 따왔다고 한다. 실제로 앵무조개는 그 구조와 모양이 한 척의 배 또는 한 마리의 새를 연상시킨다. 아르고스라는 목수가 신성한 떡갈나무로 만든 전설적인 배. 그래서 뱃사람들은 항해 중에 앵무조개를 보면 좋은 날씨와 순풍의 징조로 여겼다고 한다.

껍데기 속에 수십 개의 방을 만들고, 그 속에 모은 공기를 이용해 물속을 유영하는 앵무조개. 이 바다의 시인을 한 번도 본 적은 없지만, 그 노랫소리를 상상해보곤 한다. 먼 물결에 실려오는 사이렌의 노래를.

한 걸음씩 걸어서 거기 도착하려네

초판 1쇄 인쇄 2017년 3월 24일
초판 1쇄 발행 2017년 3월 31일

글·사진 나희덕

편집장 김지향　**편집** 이희숙 박선주 김지향
디자인 엄자영　**제작** 강신은 김동욱 임현식
마케팅 방미연 이재익　**홍보** 김희숙 김상만 이천희

펴낸이 이병률
펴낸곳 달 출판사
출판등록 2009년 5월 26일 제406-2009-000034호

주소 10881 경기도 파주시 회동길 210
전자우편 dal@munhak.com
페이스북 /dalpublishers
트위터 @dalpublishers
인스타그램 dalpublishers
전화번호 031-955-1921(편집) 031-955-2688(마케팅)
팩스 031-955-8855

ISBN 979-11-5816-058-6 03810

• 이 도서의 국립중앙도서관 출판예정도서목록(CIP)은 서지정보유통지원시스템
　홈페이지(http://seoji.nl.go.kr)와 국가자료공동목록시스템(http://www.nl.go.kr/
　kolisnet)에서 이용하실 수 있습니다. (CIP제어번호: CIP2017008074)

• 한국출판문화산업진흥원의 출판콘텐츠 창작자금을 지원받아 제작되었습니다.